I0635109

LORENZIO

ou

LE PEINTRE DE NAPLES.

LORENZIO

ou

LE PEINTRE DE NAPLES,

par

Léonard LABORDE.

BAYONNE,
Chez MOCOCHAIN, LIBRAIRE,
Rue des Prébendes, Nº 9.

BAYONNE, Typographie et Lithographie Lasserre, rue Pont-Mayou, 12.

I.

UNE NUIT EN GONDOLE.

I.

UNE NUIT EN GONDOLE.

C'était un soir du mois d'août, à l'époque des plus
beaux triomphes de l'art de la peinture en Italie. Titien et Giorgione avaient les premiers en mourant
légué leurs chefs-d'œuvre au monde et leur gloire à
leur patrie. De nombreux étrangers venaient admirer
à Venise les tableaux de ces grands maîtres, et le beau
ciel de soleil et de feu qui avait éclairé leur berceau.
Ce jour-là surtout, les gentilshommes les plus élégants
et les dames les plus séduisantes de la noblesse italienne semblaient s'être donné rendez-vous dans les
divers quartiers de la ville, brillamment illuminés
comme pour une fête. Il faisait une de ces douces nuits
d'été que le pinceau du plus habile peintre serait im-

puissant à reproduire : des milliers d'étoiles scintil-
laient dans l'azur du firmament, et formaient un spectacle gracieux dans toutes les parties de l'horizon; et au
milieu de cet incendie des astres de la nuit, Venise resplendissait aux clartés du ciel.

Aussi, que de jeunes gens, que de jeunes filles, ac-
coudés sur un balcon, venaient jouir de la fraîcheur du
soir, de la beauté de la nuit !

Que d'artistes rassemblés en silence devant les radieux palais de la ville, devant les monuments grandioses, poétiques, qu'on trouve toujours dans les
grandes cités italiennes, que d'artistes se laissaient aller
à une douce rêverie, à des méditations dignes du plus
grand poète.

C'était l'heure des promenades nocturnes. Des gondoles chargées de monde passaient paisiblement sur la
lagune, et, dans le silence de la nuit, le murmure léger
de la brise sur les grèves lointaines était seul entendu.

Si le lecteur veut bien nous suivre dans ces promenades sur la mer, il sera rapidement initié aux scènes
des sombres amours et des passions frénétiques que
nous entreprenons d'écrire.

Un homme et une femme, à demi couchés sur de riches coussins de velours noir, s'entretenaient au fond
d'une gondole, avec assez de vivacité. On ne pouvait

voir leurs traits ; mais à l'accent de leur voix, on devinait qu'ils étaient jeunes encore, et beaucoup instruits, sans doute, car ils parlaient la langue italienne avec une pureté admirable. La jeune femme surtout avait une manière de s'exprimer qui aurait fait les délices des dames les plus spirituelles, les plus aimables de nos salons parisiens. Sa voix était mélodieuse et pleine de charme. Elle ne prononçait pas une parole, elle ne disait point un mot, sans l'envelopper d'un cachet d'harmonie inexprimable. Elle possédait au plus haut degré l'art de remuer les fibres de l'imagination et du cœur. L'homme qui reposait à côté d'elle, sur un autre coussin, semblait l'écouter avec un enthousiasme mêlé d'amertume. Il répondait à ses paroles avec vivacité, il la regardait avec admiration, il ne pouvait détacher ses yeux des siens. Ni le balancement de la gondole sur les flots, ni le chant cadencé et lointain des rameurs ne pouvaient l'arracher à sa rêverie contemplative. Peu lui importaient les bruits qui se faisaient autour de lui : il n'était absorbé que par une pensée. Peu lui importaient la fraîcheur de la nuit et les beautés du ciel : il était plus heureux qu'un poète, puisqu'il se trouvait avec une femme aimée. Cependant, il avait l'air accablé, son front était pensif, et il répondait à sa compagne avec un découragement visible.

—Oui, signore, je suis heureuse d'être avec vous, je vous le répète. En vérité, rien ne saurait rendre la magnificence de la nature : voyez donc que d'étoiles aux cieux !... C'est un excellent tableau pour un peintre !

— Je ne suis point peintre, signora, mais en revanche, je suis fort amoureux...

— Eh! mon Dieu! ne parlons pas toujours d'amour. Je suis un peu artiste, moi. Tout ce qui est grand et beau réveille l'enthousiasme dans mon cœur : une scène de la nature m'éblouit, un tableau fait avec art enchante mes yeux, une pensée dévoilée clairement, quand elle est sublime, exalte mon âme et mon imagination. J'aimerai assez vous voir partager cet amour des arts.

— Vous me raillez, signora?...

C'est ainsi que causaient nos personnages au moment où nous les mettons en scène.

— Oui, signora, reprit l'élégant cavalier en s'animant, je vous aime et vous tenez ma vie entre vos mains. Pourquoi feignez-vous de l'ignorer?

— Je tiens votre vie entre mes mains, s'écria la jeune femme en riant; mais savez-vous que vous devenez mystérieux à la fin? Allons, un peu de gaîté, signore. J'aime qu'on ne se désespère pas en ma présence. Assez de mélancolie. Assez de gémissements comme cela. Que désirez-vous, reprit-elle en lui frappant familièrement sur l'épaule. N'êtes-vous pas heureux?...

— Ce que je désire! Mais vous savez bien que je ne

puis plus vivre sans votre amour... Vous savez bien
que je vous aime !...

Il y eut un moment de silence.

— Vous m'aimez? Mais il n'y a rien de merveilleux
à cela. Je vous aime aussi, moi, dit la jeune femme
avec un air naïf.

— Comme vous me l'assurez !...

— Avec indifférence, signore, avec indifférence !...
Je vous aime comme un ami, comme une connaissance, voilà tout !...

— Ne dites pas cela ! s'écria-t-il.

Et ce dernier, cédant à son émotion, vint se mettre
à genoux devant la jeune dame.

— Oh! ne dites pas cela, reprit-il, les yeux en
pleurs. Vous m'aimez autant que je vous aime, n'est-
ce pas?

— Ne mentez pas, don Garcy, interrompit-elle, en
ricanant, vous avez peur que je vous dise : non !

Il pâlit, et ses yeux se voilèrent de larmes une seconde fois.

— J'ai peur de tout : j'ai peur que vous ne repous-

siez mon amour, que vous ne livriez mon cœur au désespoir, que vous ne vous railliez de ma souffrance.

— Tout cela est à craindre, en effet, signore : mais
que faites-vous pour empêcher de pareilles choses?

— Ce que je fais, signora? Pouvez-vous me le demander? Pour vous, j'abandonne, j'ai déjà abandonné
ma femme elle-même, j'ai repoussé ma fille de mes
bras; pour vous, je rends leur vie malheureuse, pour
vous j'oublie mes devoirs d'époux et de père... N'est-
ce pas assez?... Et comment me récompensez-vous de
tant d'amour? Par des railleries cruelles. Cette nuit
j'obtiens de vous ce rendez-vous, cette promenade en
gondole. Je m'attends à des remerciments de votre part
pour les preuves que je vous donne tous les jours de
mon dévouement. Ces remerciments que j'espérais,
ce sont des mépris. Et il n'en est pas moins vrai que
pendant ce temps, ma femme mourante maudit jusqu'à
mon nom, et que ma fille me déteste. O Perdilla! que
vous ai-je fait? Que vous ai-je fait pour que vous
soyez ainsi sans pitié?

La jeune femme se recueillit un moment. Une rougeur subite enflamma ses joues. Peut-être don Garcy
ne connaissait-il pas assez cette âme passionnée, ce
cœur profondément sensible, ce caractère mélancolique, inaccessible aux vaines distractions d'un monde
qu'il méprisait.

— Ce que vous m'avez fait, Monsieur, dit-elle d'une

voix tremblante, et avec une émotion enfantine, je vais
vous le dire : vous m'avez estimée trop peu, pour que
je songe sérieusement à vous pardonner.

— Quel langage !...

—Je vous le répète, signore, vous avez voulu faire de
moi l'objet de vos caprices. Je vous ai inspiré une passion insensée, et vous voulez la satisfaire. En un mot,
vous voudriez de moi pour maîtresse. Tant que votre
femme existe, je ne puis rien être pour vous. Je vous ai
autrefois aimé par inclination, soit. Mais cet amour, je
l'ai précieusement renfermé dans mon cœur. Par devoir, par vertu, je suis restée maîtresse de ma passion... Ces mots furent dits avec une fierté presque farouche. Don Garcy semblait atterré.

— Vous me parlez de ma femme, Perdilla ! Mais je
vous ai dit que je l'ai abandonnée, qu'elle me déteste,
qu'elle se meurt à cause de la passion que je ressens
pour vous. Ah ! songez à cette nuit si belle, si embaumée, où je vous vis pour la première fois dans le palais
de votre père ! Songez à l'amour que soudain votre
beauté m'inspira ! C'était dans une vaste salle de votre
palais : la musique, prenant un harmonieux essor, faisait rêver à la poésie et à l'amour. On dansait. Je vins
vous prendre par la main pour vous entraîner au milieu
de ces femmes couronnées de fleurs qui faisaient la
joie et l'orgueil des gentilshommes de Venise. Je ne
pouvais apercevoir aucun des traits de votre visage. Je

vous dédaignais avant de vous connaître. Mais lorsque,
soudain, rejetant votre voile, vous découvrites votre regard à mes yeux, je me sentis frappé au cœur, et pour
toute la vie. Que vous étiez belle, signora! Je vois encore d'ici les longues boucles de vos cheveux effleurer
les miens, je vois le doux sourire qui se dessina sur vos
lèvres, j'entends l'accent enchanteur de votre voix! Il
y a deux ans que cette scène s'est passée. Et depuis
lors, j'ai oublié que j'avais une épouse, une fille; je
n'ai songé qu'à vous faire l'aveu de ma passion. Le
jour est venu où, mettant mon cœur à vos pieds, je
vous ai dit : Signora ! je vous aime! Ma vie est à vous!
Vous n'avez pas d'abord repoussé mon hommage, ni
découragé mon espoir. J'ai cru que vous vouliez faire
de moi le plus heureux des hommes. Quelle illusion!
Peu à peu vous êtes devenue froide et réservée à mon
égard, et vous avez détruit mes plus douces espérances.
Quand j'ai voulu vous parler de mon amitié, de mon
dévouement, vous m'avez répondu comme tout à l'heure, avec dédain. Oh! si vous m'aimiez pourtant, que
mon sort serait beau! que ma vie serait enviée! Tout
dépend de votre volonté. D'un mot vous pouvez me
rendre le bonheur. Oh! signora, prenez pitié de mon
amour. Prenez pitié de votre victime... Mais vous ne
m'écoutez pas. Mon délire vous trouve insensible, mes
prières ne peuvent vous fléchir.

Rappelez-vous, signora, ce temps où vous fûtes pour
moi comme la plus dévouée des sœurs. Je n'imaginais
pas de félicité plus parfaite que celle de vivre comme

un frère auprès de vous. Un de vos sourires, un de vos
regards, c'était là toute mon ambition. C'était mon plus
beau rêve. Qui pourrait vous empêcher de revenir à
ce temps? Pourquoi ne pas me sourire, pourquoi ne
pas m'aimer? Oh! malgré vos railleries, signorina, je
crois à mon bonheur, je crois à votre amour, je crois à
tout ce qui est beau. Ne me détrompez pas!

Don Garcy avait parlé avec un air suppliant ; la signora Perdilla l'avait écouté avec indifférence. En ce
moment la gondole approchait du rivage...

— Prenez garde, signore, dit la jeune femme à don
Garcy : nous avançons rapidement, et l'on pourrait nous
entendre...

Et, en effet, plusieurs gondoliers, accompagnant des
promeneurs, venaient de se rapprocher de la gondole
que nous connaissons.

Nos personnages gardèrent alors le plus profond silence jusqu'à ce qu'ils eurent disparu.

Venise, rayonnante sous un beau ciel semé d'étoiles,
étalait toutes ses splendeurs aux yeux de nos personnages. On voyait déjà les dômes pompeux des palais,
la grande place S²-Marc toute remplie de promeneurs, la galerie des maisons, où chantaient parfois
quelques jeunes gens, en s'accompagnant d'une gui-
tare. On découvrait le faîte des églises, l'ancienne rési-

dence des doges, les monuments les plus gracieux de
cette cité italienne. C'était un merveilleux tableau à
contempler. Partout le marbre, le bronze, l'or même,
étincelaient aux yeux. Les chefs-d'œuvre de l'architecture gothique se mêlaient aux œuvres de l'architecture
moderne : mélange de tous les arts, Venise semble
avoir emprunté de grandes pensées et de sublimes inspirations aux artistes de tous les temps. A la voir avec
ses cathédrales, ses palais, ses mosaïques, ses monuments, on la prendrait pour la reine la plus poétique
des cités. Si elle n'a point eu des statuaires comme
Phidias pour l'embellir, elle a eu des peintres fameux
dont elle étale encore dans son sein les magnifiques
productions, et dont le pinceau célèbre a su reproduire
ce qu'il y a de plus émouvant dans la nature et dans
l'art. Dotée d'un riant climat, d'un beau ciel, d'une situation enchanteresse, elle n'a rien à envier aux autres
contrées de l'Italie. Elle a ses majestés, ses splendeurs.
Ajoutons que, plus que tout autre cité, elle peut séduire et élever une imagination d'artiste !

Don Garcy, à mesure qu'il approchait du rivage, se
sentait la mort au cœur : à la pâleur de son visage, à
l'altération de sa voix, on devinait qu'une puissante
émotion intérieure devait en ce moment l'agiter. Il se
sentait frémir, palpiter sous le regard de cette femme
étrange qui reposait près de lui, qui lui souriait, et
pourtant il avait la preuve qu'elle ne l'aimait pas. Quel
supplice !

— Oh ! se disait-il, tandis que la gondole continuait

à glisser silencieusement sur les eaux, oh! que je suis à plaindre! J'aime cette femme : elle n'aurait qu'un mot à dire pour que j'expire à ses pieds, et elle se rit de mon amour! Et pour elle j'ai abandonné jusqu'à ma propre fille!... Soudain, il releva sa tête. Un éclair de joie brilla dans ses yeux. Une idée subite illumina son esprit.

— Signora, dit-il, d'une voix qui tremblait d'émotion, voyez! la nuit est belle, le ciel est étoilé : en vérité, je préfère en ce moment l'eau argentée de la lagune au marbre sonore de mon palais. Voulez-vous que nous recommencions notre promenade sur la mer?

— A votre aise, signore. Mais ayez du moins la bonté d'excuser mon silence. Vous savez que j'aime quelquefois à rêver, en écoutant le murmure des vagues. Cela tient à la sensibilité poétique de mon esprit. Toute enfant, je me plaisais à parcourir ces lagunes avec ma mère. Au lever du soleil, renversée sur les coussins d'une gondole, j'y lisais quelques pages de nos grands poètes, des strophes de Pétrarque et de Dante. Loin du monde, je comprenais mieux les élévations de l'âme. J'ai toujours aimé le recueillement et la solitude, et mon enthousiasme religieux ne fait que grandir sur l'étendue de la mer, au doux murmure des flots, lorsqu'un ciel paisible brille sur ma tête.

Perdilla croisa les mains sur sa poitrine et murmura un mot de prière avec l'abandon naïf d'une enfant superstitieuse. Au bout d'un moment, la gondole s'éloigna de nouveau du rivage. Don Garcy, une main posée sur son cœur, semblait en comprimer les battements, à mesure que les lumière de la ville se perdaient dans le lointain. Ses yeux étincelaient; il ne pouvait détacher son regard de celui de la signora. La jeune dame ne faisait guère attention à lui dans ce moment; elle était absorbée dans ses propres pensées. La tête mélancoliquement penchée sur son sein , elle rêvait. Un cri de passion, un cri d'amour de don Garcy, l'arracha tout-à-coup à cette rêverie silencieuse.

— Perdilla, tu es bien belle!...

— Signore, murmura la jeune femme avec surprise.

— Tu es belle, Perdilla, et je t'aime!

Et don Garcy se rapprochant de sa compagne, et enlaçant de son bras sa taille élégante et frêle, chercha à l'attirer à lui, à la presser sur son cœur.

Il recula soudain.

La signora Perdilla, pâle, menaçante, échevelée, se tenait debout devant lui, un poignard à la main. Une majesté de reine outragée éclatait sur sa physionomie.

Sans doute, elle devait être belle, dans le rayonnement de son orgueil.

— Insensé ! s'écria-t-elle, avec un commencement de colère.

— Oh ! grâce , dit don Garcy. Grâce , signora, je vous aime tant!...

La fière Italienne se rassit sans rien dire sur ses coussins ; mais son regard courroucé, joint à l'éclair que la pudeur fit monter à son front, ne rendirent son visage que plus séduisant et plus dédaigneux.

Pendant ce temps, la gondole continuait triomphalement à errer sur les eaux de la lagune.

II.

UN PROJET DE MARIAGE.

II.

UN PROJET DE MARIAGE.

Six mois s'étaient écoulés depuis la scène que nous venons de raconter.

La signora Perdilla et don Garcy, assis sur de riches coussins, causaient à voix basse, dans une vaste chambre étincelante de lumières et embaumée du parfum qui s'exhalait de grands vases remplis de fleurs.

Don Garcy était un homme aux cheveux blonds, au teint blanc, aux yeux bleus, aux traits réguliers, à la figure calme, à la taille au-dessus de la moyenne, auquel on n'aurait donné que trente à trente-deux ans, quoiqu'il en eût une quarantaine. Il n'y avait dans son aspect rien de fort remarquable. Il présentait seulement le

vrai type de l'Italien. Quand ses yeux étaient animés par
la passion, on les voyait tout-à-coup resplendir, lancer un
éclair, briller d'un éclat étrange. Son visage alors y ga-
gnait je ne sais quoi d'impétueux, de violent, qui lui
donnait un véritable cachet de beauté, de force, de grandeur. Tantôt élégant et aimable comme un des plus
beaux jeunes hommes de Venise, tantôt sévère et grave
comme un vieillard, il réunissait toutes les qualités qu'il
faut pour inspirer l'amitié ou provoquer l'amour. Il
ne lui manquait pour cela ni de la chaleur d'âme ni de
l'énergie. Toujours spirituelle, instructive, sa conversation était aimée. On l'écoutait avec délices, on l'applau-
dissait avec fureur. Ses paroles étaient toujours bien
venues. Il possédait l'art de captiver son auditoire, et
ses discours étaient sans cesse un feu d'artifice éblouissant. Dans ses saillies, que de verve, que de grâce, que
d'enjouement ! Avec de pareils éléments de force, don
Garcy ne pouvait manquer de porter, comme il le disait lui-même, la flamme de la passion à plus d'un cœur
naïf.

Mais comme il était marié, qu'il idolâtrait sa femme,
et qu'il avait une fille belle comme un ange, il ne se
souciait guère de l'effet qu'il pouvait produire. Cela
dura longtemps ainsi.

Malheureusement, une aventure inattendue vint changer complétement sa manière de vivre.

Etant dans un bal masqué, à Venise, il vit, pour la

première fois¦, danser près de lui une femme si belle, si
fière, au regard si ardent, qu'il sentit dans son cœur renaître toutes les angoisses de l'amour. Il lui parla, à
cette femme, et il lui trouva tant d'instruction, tant de
qualités, tant d'orgueil sublime, qu'il oublia qu'il était
époux et père pour lui faire l'aveu de sa passion. La
jeune signora ne le repoussa point. Elle ne voulut point
le décourager d'abord. Mais, peu à peu, devenant hau-
taine, dédaigneuse, mordante même avec lui, elle lui
fit vite comprendre qu'elle s'était franchement jouée de
son amour et de ses plus radieuses illusions. Don Garcy
devint fou de rage, de douleur. L'homme qui s'était
vu accueillir avec tant de déférence et de distinction
par les plus grandes et les plus belles dames de Venise,
ne put comprendre que celle qu'il aimait se moquât im-
punément de lui. On dit qu'il n'y a rien de plus orageux
qu'une passion dédaignée, et on a raison. Dans son désespoir, Don Garcy s'en prit à sa famille des angoisses,
des tourments qu'il ressentait. Il ne se passa pas de jour
qu'il ne fît une scène à sa propre femme. Cette dernière
devinant son amour, tomba dangereusement malade:
et, au lieu de revenir vers elle, les bras tendus, le remords dans le cœur, don Garcy l'abandonna. Nous
avons vu, dans le chapitre précédent, de quelle façon
la signora Perdilla accueillit cette intéressante nouvelle.
Mais il arriva qu'un mois après, consumée par la douleur, déchirée par la souffrance, cette femme mourut, le
regard menaçant, en pressant sa fille dans ses bras, et
accusant son époux de la plus noire ingratitude. On devine le reste.

Se désoler outre mesure, c'est sans doute ce que don
Garcy fit d'abord ; mais c'était un homme de tête, et il
comprit que son devoir était surtout de donner une seconde mère à son enfant.

Dans cette pensée, il voulut se rapprocher de la signora Perdilla, qu'il aimait toujours d'un amour insensé. La belle Vénitienne, comme nous l'avons dit, lui
avait fait entrevoir, dans sa promenade en gondole,
qu'il ne serait rien pour elle tant que sa femme exis-
terait. Il se hâta donc de lui annoncer son veuvage, et
la jeune dame accourut pour le consoler. Don Garcy
lui offrit alors, avec plus de vivacité que jamais, sa main
et son cœur : la signora accepta avec reconnaissance.
C'était en effet le parti le plus convenable à prendre
dans la circonstance.

Malheureusement don Garcy avait une puissance à
redouter : c'était sa fille.

Léonia, c'était le nom de cette jeune Vénitienne,
était douée d'une intelligence fort vive. A seize ans
elle écrivait avec une rare facilité et une perfection de
style qui aurait fait honneur à une dame française. Elle
avait du génie, de l'invention : qualités brillantes et re-
marquables pour une femme. Aussi aurait-elle pu faire
des chefs-d'œuvre vraiment poétiques et littéraires ; —
comme Mme Georges Sand ou feu Mme de Girardin.
Mais où elle excellait surtout, c'était dans la peinture. C'était merveilleux que de la voir dessiner des

choses extrêmement difficiles à reproduire sur la toile.
On citait déjà d'elle des tableaux d'un coloris brillant,
d'une création parfaite, d'une poésie pleine de charme.
Des peintres célèbres venaient, de Rome même, lui
présenter leurs hommages, et, admirateurs naïfs, ils
restaient stupéfaits devant les chefs-d'œuvre de la jeune
fille. Léonia souriait avec modestie en écoutant leurs
louanges. Elle avait dit même, un jour, à l'un d'entre
eux : Signore, j'ai la ferme conviction de devenir la
femme d'un Raphaël. — Dieu le veuille, signorina,
avait répondu le peintre ; et depuis lors, il ne cessa de
prier la Madone de rendre Léonia amoureuse de lui.
Mais la jeune fille ne s'enflammait pas comme une
femme vulgaire : d'un coup-d'œil, elle jugeait ses pré-
tendants. On prétendait même qu'elle ne connaissait
pas la puissance de l'amour. Cependant, depuis quelque temps, elle ne travaillait plus avec la même ardeur.
Son enthousiasme pour la peinture, comme pour tous
les arts, se refroidissait sensiblement, et elle semblait
en proie à une agitation intérieure. Elle passait des
heures entières, son pinceau à la main, en face d'un
modèle précieux, sans se hasarder, comme autrefois, à
surpasser l'œuvre qu'elle devait copier. Ses yeux
avaient pris une teinte de mélancolie, son visage était
devenu triste, rêveur ; elle avait subitement perdu
cet orgueil enfantin, cette grâce charmante et spirituelle
qu'on admirait en elle, aux beaux jours de ses triomphes. Il y avait maintenant dans son regard une flamme
sombre, brûlante, comme celle que fait briller le poète
dans les yeux de l'ange déchu. On avait d'abord attribué

ce changement à une de ces révolutions qui éclatent
tôt ou tard dans le cœur humain, lorsque l'âme com-
mence à penser. Puis la mort de sa mère, arrivée depuis peu, excusa cet abattement dont la vraie cause,
pour tous, était encore inconnue.

Don Garcy se montra d'abord fier des talents de sa
fille : Léonia, avec ses traits angéliques, avec sa candeur et sa modestie, enivrait son âme de bonheur et
d'amour paternel.

Mais la signora Perdilla avait un peu refroidi de pareils sentiments, car Léonia ne pouvait que lui porter
ombrage.

Le charme touchant de la jeune fille, sa chaste attitude, ce parfum de virginité et d'innocence qu'on respirait autour d'elle, jusqu'à son sourire un peu triste, en
faisaient la figure la plus exquise et la plus ravissante
peut-être qu'on puisse imaginer jamais.

Il était à redouter qu'avec de pareils charmes,
Léonia n'exerçât sur son père une influence trop grande.
L'orgueilleuse Italienne employait donc tout son pouvoir à briser l'amour paternel de don Garcy. Aussi ne
le quittait-elle presque jamais depuis la mort de sa
femme.

La signora Perdilla, comme nous l'avons dit, était
une des plus belles femmes de Venise. Au moment où

nous la trouvons réunie dans un appartement avec don
Garcy, nous pouvons nous hasarder à faire son portrait.
Ses traits étaient de ceux qui se gravent profondément
dans l'esprit. L'ensemble de son visage présentait je ne
sais quoi de brillant et de gracieux. Elle était brune.
Ses cheveux d'un noir éblouissant couraient en ondes
soyeuses et parfumées jusque sur ses épaules, et il était
impossible d'en rendre l'éclat. Son front large et pur
avait un cachet de noblesse inouïe. Ses yeux noirs et
perçants étaient faits pour lire dans l'âme la plus profonde et y porter un trouble inconnu. La splendeur la
plus magique, le rayonnement le plus beau éclataient
dans son regard. Sa taille svelte ondulait capricieusement dans les plis d'un corset léger et doux. Son pied
petit, mignon, qu'on voyait disparaître dans l'étoffe de
sa robe, était emprisonné dans des souliers de soie bro-
dés de mille paillettes d'argent et d'or, comme ceux des
jeunes filles de Naples. Tout ce qu'on voyait briller en
elle avait un cachet particulier de beauté et d'élégance.
On sentait aussi, en la voyant, toute l'énergie de son
âme, toute sa force.

Par moments ses yeux semblaient se voiler, s'assom-
brir, comme si un nuage eût passé dans son regard;
par moments ces yeux si beaux, couverts par des cils
radieux et charmants, lançaient un éclair, une étincelle
diamantée, et on eût cru alors qu'ils reflétaient l'éclat
de l'innocence et de l'amour.

La grâce de ses mouvements, la coquetterie de ses

gestes, le timbre mélodieux de sa voix et son sourire
répandaient un prestige riant autour de sa personne. Il
y avait dans son accent, de la candeur, de l'harmonie;
dans ses paroles, de la poésie, et un charme étrange:
ce n'était point là le langage d'une femme ordinaire.
Un statuaire grec l'aurait prise pour un ange ou un
démon ; elle était faite pour inspirer l'enthousiasme ou
la terreur. A en juger par le feu de ses yeux, par la vivacité de son regard, ses passions devaient être fugiti-
ves ou profondes, passagères ou sérieuses.

Elle avait la mollesse voluptueuse des femmes de
l'Orient. Renversée avec nonchalance sur ses coussins,
elle rêvait comme elles pendant des heures entières,
sans trahir par l'expression de son visage les diverses
causes de ses émotions. Quand elle dansait, c'était autre chose. Légère, capricieuse comme une Andalouse
dans un ballet, elle représentait à s'y tromper la Santa
Blanca espagnole de Chateaubriand.

Elle était née à Venise. Son éducation avait été soi-
gnée. Jeune, ardente, douée d'une beauté presque sans
égale, elle avait fait battre déjà bien des cœurs. Elle le
savait. Cependant, elle avait voulu prendre sur don
Garcy seul un empire souverain. Soit que les immenses
richesses de cet homme l'eussent tentée, soit qu'elle
ressentît pour lui une affection sincère, elle se déclara
prête à l'épouser, à l'expiration de son deuil. Elle n'y
mettait qu'une condition. — C'était l'éloignement de la
jeune Léonia. Elle ne pouvait se faire à l'idée de vivre

avec cette fille. Elle craignait son influence. Elle pâlissait devant son talent. Un instinct secret la lui faisait
haïr sans cause. Elle ne cessait de reprocher à don
Garcy l'étendue de son amour paternel. Nous verrons
comment la signora Perdilla reconnut plus tard qu'elle
ne se trompait point en tremblant de la puissance de
Léonia. En attendant, nous devons faire part au lecteur
de la conversation qu'elle avait, dans le salon de don
Garcy, avec son mari futur. Écoutons la belle Vénitienne.

— Mon ami, ce temps approche où nous allons être
unis. Il est juste que je prenne des arrangements indis-
pensables à notre nouvelle situation. Je vous ferai connaître mes désirs.

— Signora, dit don Garcy, je ne puis vous entendre
parler de nos projets de mariage sans ressentir une joie
folle. J'ai perdu une épouse estimable, il est vrai, mais
vous m'avez presque consolé par votre dévouement;
car il n'y a que vous qui ayez assez de puissance et de
suavité pour suspendre, dans mon cœur, bien des idées
douloureuses! Vous faites taire en moi jusqu'aux remords les plus amers. Cette pensée que je me répétais
à chaque instant : Bientôt la fière Perdilla sera ma femme! cette pensée me fait entrevoir un avenir plein de
bonheur, d'amour. Elle me découvre un monde ignoré,
des sentiments, des affections, des joies, que je n'avais
pas même imaginés dans mes plus beaux rêves. Dans
mon ravissement, j'oublie qui je suis, ce que j'ai été;

je ne sais plus rien du passé, je n'appartiens plus à
mon ancienne existence; il n'y a aucun obstacle qui
puisse mettre un terme à notre félicité. Nous sommes
deux êtres créés l'un pour l'autre, qui se sont cherchés
longtemps sans espoir et qui se trouvent enfin ! Deux
cœurs amis qui se rejoignent malgré tout ; deux natures
sympathiques qui se sont reconnues à la ressemblance
de leur émotion, à l'égalité de leur puissance mutuelle.
Je vous aime avec passion, signora, et je vous remercie
de l'avenir que vous me préparez !...

Don Garcy, après avoir prononcé ces mots, prit une
main de la jeune dame et y déposa un baiser avec un
respect presque craintif. La signora Perdilla à demi
cachée sous des rideaux bleu de ciel, pouvait être prise
par un statuaire pour une magnifique statue de marbre,
dont on voit tout-à-coup le regard rayonner.

L'appartement où elle se trouvait offrait le coup-d'œil
le plus brillant. Tout respirait la beauté, la splendeur,
dans ce délicieux boudoir; les peintures suaves de Pordenone, les naïves sculptures de Villetri, les parfums
qui jaillissaient de quelques cassolettes d'or.

Les rideaux, qui tournoyaient gracieusement autour
des fenêtres, étaient emprisonnés incessamment , ainsi
qu'en un réseau, dans de longs anneaux d'or, comme
si la signora Perdilla se défiait des regards incertains
d'un jour évanoui ou d'une nuit étoilée.

Les croisées étaient environnées de draperies précieuses, et, sous ces draperies, l'œil entrevoyait des gazes, et, sous ces gazes, des vitraux bariolés. Des flots de lumière s'échappaient d'une lampe suspendue à la voûte, et ces flots de lumière resplendissaient purs et beaux autour de la belle Vénitienne pensive. De soyeuses ottomanes tapissaient la chambre, et leur mollesse faisait rêver le plaisir : tout était séduisant.

— Signora, s'écria don Garcy, comme vos yeux sont limpides, noirs et grands ! c'est ainsi que je les veux, c'est ainsi que j'en ai rêvé avant de vous connaître! Voyez, continua-t-il, les miens brillent d'un éclat inaccoutumé, et c'est d'amour! Car être auprès de vous, c'est le bonheur, c'est la vie,... et il ajouta plus bas: c'est l'oubli du passé ! Perdilla laissa errer sur ses lèvres un sourire plein d'ironie.

— Avant de vous répondre, signore, dit-elle en appuyant sur chacune de ses paroles, j'ai une petite faveur à vous demander.

— Quelle est cette faveur?

La Vénitienne garda un instant le silence. Puis, faisant une moue charmante :

— Vous comptez donc toujours garder votre fille avec vous?

— Signora, voilà encore vos méchantes idées qui

3

vous reviennent. Je croyais que vous aviez cessé de
craindre ou de haïr Léonia. Elle si douce, si bonne...

— Ne vous fiez pas aux apparences, monsieur, votre
fille est mon ennemie ; je le sais. Elle me calomnie tout
haut. Elle murmure tout bas. Je suis son véritable cau-
chemar. Pourquoi donc continueriez-vous à la garder
à Venise ?

— Mon Dieu ! que vous êtes injuste ! Elle ne veut
pas notre mariage, parce qu'elle est encore désolée de
la mort de sa mère, que la pauvre enfant vous attribue,
peut-être. Mais elle briguera plus tard votre amitié. Je
vous le jure. Elle est si spirituelle, si charmante. Comment ne pourriez-vous pas l'aimer ? Comment ne seriez-
vous pas fière de ses talents ? Voyez quelle vive intelligence éclate dans ses yeux ! Y a-t-il rien de plus doux
que sa voix, de plus beau que son regard, de plus naïf
que sa candeur ? Combien je serais heureux de vous
voir chérir Léonia ! Combien j'aimerai à vous voir presser sa blonde tête sur votre sein ! Ce sera là ma plus
grande félicité comme père et comme époux !

Perdilla haussa les épaules.

— Mais, signore, répondit elle avec amertume, songez qu'ayant été jusqu'aujourd'hui sans enfants, je ne
puis espérer d'être assez mère pour une jeune fille qui
me déteste. Nous sommes, je vous le répète, Léonia et moi, bien froides l'une pour l'autre, et, malgré
notre prochaine parenté, nous avons continué à ne nous

voir qu'à des intervalles fort rares. Elle a su gagner, d'ailleurs, une grande influence sur votre esprit, et je ne sais, en vérité, laquelle de nous deux est la plus puissante à cette heure. Ce que vous me demandez, signore, est donc bien difficile, pour ne pas dire impossible. Laissez là ce mariage, et remplacez-le par une alliance plus brillante. Mais ne me parlez plus de Léonia. C'est une jeune fille distinguée, j'en conviens; mais je ne puis l'aimer.

— Que je laisse là ce mariage! murmura don Garcy éperdu : est-ce possible, madame?... Mais que vous a donc fait Léonia?...

— Léonia... Avez-vous remarqué cet air de tristesse, cette mélancolie dont elle est accablée? Avez-vous vu combien son visage est devenu triste et rêveur? Ce n'est plus cette jeune et belle, et gentille personne dont Venise a entendu les louanges! Elle est soucieuse, elle semble abattue, un grand chagrin éclate sur ses traits. Elle m'évite, elle fuit ma présence, elle semble éplorée quand elle se trouve près de moi. Hier encore, en traversant la galerie de ce palais, j'ai pu me rendre compte des mauvaises impressions que je fais naître dans son cœur. Je m'étais inclinée à demi devant un grand vase de marbre pour cueillir quelques fleurs, lorsqu'elle vint à passer à son tour sur le balcon. Il était nuit, mais à la clarté de la lune elle m'aperçut. Aussitôt je la vis disparaître avec la rapidité de l'éclair dans les vastes corridors du palais. Je la suivis, je la

vis entrer dans sa chambre, et je m'apprêtais à lui demander compte de sa fuite, lorsque, tombant à genoux
sur son prie Dieu, je l'entendis éclater en sanglots, se
tordre les bras, et pleurer. O ma mère ! disait-elle, ma
mère !... Et des mots entrecoupés s'échappaient de ses
lèvres, et je crus qu'elle prononçait mon nom avec mépris, avec horreur. Direz-vous qu'il n'y a rien d'étrange
dans cette conduite ? Direz-vous que ce n'est pas moi
qui chagrine ainsi cette pauvre enfant ?...

— Moi ! signora... je ne dirai rien là-dessus... je ne
dirai rien, sinon qu'il faut que votre haine pour ma fille
soit bien profonde pour qu'elle vous fasse parler ainsi !

— Mais, monsieur, puis-je m'entendre par elle reprocher la mort de sa mère ? Puis-je sans cesse me voir
mettre en présence le fantôme d'une femme que je
n'ai point connue ?

— Pourquoi me rappelez-vous ce souvenir, Perdilla,
dit don Garcy avec une agitation profonde.

— Pourquoi ? Parce que votre fille s'est écriée en
me voyant : Femme, sois maudite ! C'est toi qui as per-
verti le cœur de mon père, c'est toi qui as tenu à m'arracher sa tendresse ! Femme, sois maudite ! car, sous
une physionomie douce, aimante, tu caches une âme
de démon ! Voilà ce qu'a dit Léonia, monsieur, je le
sais. A mon tour, je viens vous dire : Éloignez de moi
cette jeune fille ! Ce n'est pas elle que j'aime, c'est

vous ! Je suis libre d'aimer, je suis libre de haïr, je suis
libre de m'abandonner à mes penchants. — Vous m'aimez, d'ailleurs, signore, reprit-elle en laissant apercevoir deux rangs de perles éclatantes à travers ses lèvres qui souriaient, prouvez-le moi maintenant,

Don Garcy ne se sentit pas à l'aise sous le regard ardent de la signora.

— Revenez, de grâce, à de meilleures pensées.
Songez que je n'ai au monde que cette enfant à chérir.
Savez-vous ce que c'est qu'un père? Ah ! si vous aviez
vu naître, vivre, grandir Léonia comme moi, si vous
vous étiez, pendant seize ans, enivrée de sa douce affection, vous ressentiriez pour elle tout l'amour que je
ressens moi-même. Connaissez-vous ma fille? Dites.
Perdilla?

— Je crois vous l'avoir prouvé, signore, répondit la
jeune femme d'un ton froid.

— Eh bien ! vous devez savoir combien je dois tenir
à elle, Perdilla...

— Vous refusez donc, encore une fois. ce que je
vous demande?

Ces mots furent dits avec une impatience mêlée de
fierté.

— Je ne refuse rien. Mais enfin puis-je me séparer sans motif de ma fille?

La fière Italienne, étonnée de tant de résistance, ne respirait plus que difficilement ; ses dents, à demi serrées, laissaient échapper seules un souffle bruyant, précurseur d'une colère longtemps contenue; ses lèvres d'un rouge ardent semblaient frémir, ses yeux lançaient des éclairs, une grande agitation régnait dans son sein.

— C'est bien, dit-elle.

Au même instant, elle s'achemina vers la porte du salon, et saluant don Garcy, elle s'apprêta à sortir.

— Perdilla, vous me quittez si vite?

— Adieu, signore, répondit-elle, je suis confuse de vos bontés pour moi, mais je ne puis, en vérité, continuer à les recevoir. Gardez auprès de vous, tant qu'il vous plaira, votre charmante fille. Aimez-la à la folie. Mais oubliez-moi surtout. Le monde me trouve belle, c'est quelque chose pour être accueillie favorablement. J'aime les bons accueils, moi ; ils épanouissent les visages, et j'ai dans le cœur toute la sensibilité d'une Italienne. Ainsi, belle et passionnée, ornée de quelque talent, qui pourrait me résister? Ah! Ah! je voudrais le avoir.

La jeune femme s'était arrêtée, l'air hautain, la lèvre dédaigneuse, et avec l'attitude d'une reine outragée.

Don Garcy voyant Perdilla plus fière et plus provocante que jamais, ne put réprimer un élan d'admiration. Sous le regard interrogateur de la signora, en face de ce beau sourcil noir, froncé par le mépris, il se retourna avec prudence, en souriant, en comprimant les battements de son cœur.

— Perdilla, vous ne m'abandonnerez pas.

— Vous acceptez donc?

— Dans trois jours Léonia aura quitté Venise.

La jeune dame vint reprendre, à côté de don Garcy, la place qu'elle occupait auparavant.

L'éclair de ses yeux s'était éteint, sa voix était caressante, il y avait une douceur inexprimable, une tendresse infinie dans son regard.

Il y eut un moment de silence.

— Allons, mon cher époux, reprit Perdilla, vous êtes vraiment digne de plaire. J'en conviens. Puis, ajouta-t-elle, en lui envoyant un baiser du bout de ses doigts mignons, nous saurons, signore, vous gouverner un peu.

— C'est que je vous aime bien, Perdilla, répondit don Garcy en étouffant un soupir.

III.

LÉONIA LA VÉNITIENNE.

III.

LÉONIA LA VÉNITIENNE.

Nous allons maintenant raconter à nos lecteurs la scène qui, le lendemain, se passait dans un autre appartement du palais de don Garcy.

C'était dans une chambre de jeune fille, c'est-à-dire, dans une pièce élégante destinée à recevoir toutes les toilettes, toutes les étoffes, tous les tableaux qu'une femme doit se procurer pour occuper son esprit et charmer ses loisirs. La chambre était vaste, meublée avec un goût brillant, ornée d'un grand lit à rideaux bleu de ciel, de quelques peintures précieuses, de châles et de mantilles jetées sur les chaises ou sur le tapis. Deux fenêtres ouvraient sur une grande étendue

de la mer, au bout de laquelle on découvrait les grèves
du Lido. Les premiers rayons du soleil éclairaient la
chambre et semblaient verser une pluie d'or sur les
glaces qui reflétaient, dans cet appartement, ses éclairs
et ses feux. Cette lumière tombait à travers le rideau
entr'ouvert, sur le sommet de la tête, sur le cou et sur
les épaules d'une jeune et belle fille, au regard pensif.
Elle était grande, svelte, élancée, mais sans aucune
de ces fragilités trop délicates et de ces maigreurs
grêles qui dépouillent de leur carnation les jeunes filles
de nos climats tardifs et froids. Sa taille avait toute
l'élégance et toute la souplesse possible, son corps,
une pureté de formes qu'un artiste de talent aurait
voulu donner à la statue de la Beauté. De longs cils
couronnaient ses yeux d'un bleu limpide et virginal. Sa
chevelure blonde, mais d'un blond cendré, courait
en tresses soyeuses autour de son front et de son cou,
et formait un contraste saisissant avec l'éclatante blan-
cheur de son teint. Par moments, son regard, devenu
rêveur, semblait s'animer, jeter un éclair ; par moments
aussi, il se voilait, et une larme, perle brûlante,
ruisselait sur ses joues. Il y avait à la fois dans son
attitude, de la modestie et de la fierté, comme si l'âme
de la jeune fille était faite pour subir toutes les impressions et refléter toutes les pensées. Elle était vêtue, du
reste, avec une simplicité touchante. Une robe de soie
noire serrait son corps souple et charmant, une mantille
légère était jetée avec grâce sur ses épaules blanches
et demi-nues. On ne voyait sur elle aucun de ces
ornements frivoles imaginés pour corrompre l'esprit

et éblouir les yeux. Aucune bague d'or ou d'argent ne
brillait à ses doigts, aucun diamant ne se montrait à
ses bras, aussi purs, aussi parfaits que le marbre avec
lequel Phidias taillait ses statues. Seuls, ses cheveux
étaient rattachés autour de son cou par deux longues
épingles d'or à têtes de perles, comme les portent
encore les jeunes filles de Naples ou les paysannes de
Tivoli.

Telle était Léonia, la fille de don Garcy, à l'âge de
dix-huit ans.

A côté d'elle, sur un coussin étendu à terre, reposait,
la tête appuyée sur son coude, une femme jeune encore
et aux traits distingués. Son visage était d'une beauté
remarquable. Elle avait de longs cheveux noirs, des
yeux noirs, un teint blanc qui auraient fait envie à
nos belles et délicieuses grisettes de Bayonne. Elle ne
semblait pourtant pas être fière à l'excès de la beauté
idéale dont elle était revêtue. Modeste et simple, elle
n'avait dans ses attitudes ni orgueil ni prétention. Un
regard, exprimant avec une grâce naïve les sensations
de son âme, était le plus bel ornement de sa physionomie, comme il était aussi le plus éloquent reflet de
ses impressions. Ainsi que Léonia, elle ne portait qu'un
costume très-simple. Sa chevelure noire et brillante
retombait sur son front, sur ses joues, sur ses épaules
même, sans qu'elle parût s'en occuper sérieusement.
Dotée d'une taille élancée et flexible, d'une physionomie spirituelle et passionnée, elle ressemblait assez à

une de ces vierges que Raphaël a voulu peindre, après
en avoir admiré lui-même peut-être, l'intelligence et
la beauté.

Cette jeune femme était la confidente ou plutôt l'amie
de Léonia. Elles s'étaient toutes deux, depuis quelque
temps, rencontrées à Naples. Elles s'étaient senti attirer
alors l'une vers l'autre par un penchant irrésistible.
Elles avaient fini par s'aimer : Gina, c'est le nom de
de la belle Napolitaine, était trop pauvre pour prétendre
au rang de la fille de don Garcy. Mais elle était intelligente, belle, passionnée, et avec ces avantages toujours
applaudis, elle pouvait arriver à une position flatteuse.
Elle aima mieux s'attacher à Léonia, qu'elle aimait
comme une sœur. Les jeunes filles que nous mettons
en scène, s'étaient donc, depuis cette époque de leur
rencontre à Naples, confié tous leurs secrets, toutes
leurs pensées, toutes leurs joies, et toutes leurs peines.
Elles s'étaient unies l'une à l'autre par toute l'affection
et toute la fraternité du cœur.

Au moment où nous dépeignons leurs portraits,
c'est-à-dire, le lendemain de ce projet de mariage de
Perdilla et de don Garcy, Léonia était, nous l'avons
dit, rêveuse et recueillie. Cependant, de temps en
temps, un éclair de joie magique brillait sous ses paupières, un battement précipité de son cœur faisait resplendir ses traits et monter la rougeur à son front. Gina
la regardait d'un air pensif, et n'osait la troubler dans
ses rêveries. Tout-à-coup, la jeune fille s'écria :

— Ma toile! Mon pinceau! Il me faut mon pinceau.

Gina bondit du coussin sur lequel elle était assise,
sortit de la chambre avec une rapidité inouïe, et revint, un moment après, avec les objets demandés.

— C'est bien, Gina, laisse-moi travailler.

La jeune femme se rassit sur les coussins qu'elle
venait de quitter; tandis que Léonia approchant une
petite table de son fauteuil, se prépara à dessiner, avec
recueillement, en appelant à son aide quelques souvenirs. Pendant un instant, le silence qui régnait dans la
chambre ne fut troublé que par le bruit léger des
crayons que taillait la belle Vénitienne, après avoir
essayé son pinceau. Le soleil, éclairant de sa lumière
tous les objets extérieurs, laissait tomber l'éclat de ses
rayons sur le visage mélancolique de Léonia. Au bout
d'un moment, la jeune artiste s'arrêta, comme pour
réfléchir : en prêtant même sur elle un peu d'attention,
on eût vu une larme envahir les bords de ses paupières,
et s'arrêter, brûlante, dans ses beaux yeux bleus.

Gina ne perdait rien de vue. L'élégante Napolitaine
savait parfaitement à quoi s'en tenir sur le compte de
Léonia. Elle fit mine de ne rien voir, et jeta un coup-
d'œil sur une des fenêtres entr'ouvertes de la chambre,
comme si elle eût voulu regarder la mer. Intérieurement, son cœur battait.

— Ainsi, nous partons bientôt, Gina, dit la fille de
don Garcy, en rejetant avec négligence son pinceau.
N'as-tu aucun regret de quitter Venise? Cette Venise si
belle, au ciel si poétique? Dis-le moi!

— Naples vaut infiniment mieux que Venise, signorina. C'est à Naples que vont de préférence les étrangers qui visitent l'Italie. Rien n'est plus poétique que
cette ville, située sur un site enchanteur. Je puis le
dire avec orgueil, moi, car j'y suis née... — Mais,
reprit Gina, en regardant avec tendresse la belle Vénitienne, c'est à Naples que le peintre...

— Silence! dit Léonia, en posant un de ses doigts
mignons sur les lèvres de la jeune femme. Silence!

Elle releva de ses deux petites mains, sur les tempes,
sa chevelure blonde, avec un geste d'une grâce infinie, pendant que ses joues avaient la couleur du
sang.

— Il ne faut pas prononcer ce nom, reprit-elle. On
pourrait l'entendre! En disant ces mots, avec tendresse, d'un air plein d'enfantillage, elle leva les yeux
pour regarder les lointains du ciel, illuminés par les
rayons du soleil.

Il se fit un moment de silence.

— Oui, c'est à Naples, reprit Léonia, que j'ai passé

mes plus beaux jours. C'est là que j'ai aimé... que j'ai
connu les troubles du cœur!... Gina, ajouta-t-elle plus
bas, et en rougissant davantage, il m'aura oubliée, peut-
être, lui!...

— Qui, Lorenzio, vous oublier!... Grands dieux! Y
pensez-vous!... signorina?...

— Je t'avais dit de ne pas prononcer ce nom, im-
prudente! Un sourire fut la réponse de Gina.

—Oui, oui, tu fais bien de me rappeler ce temps
plein de charme, qui fortifie par son souvenir mon
cœur, mon âme, mes pensées. Heureux temps que celui-
là, quoiqu'il ait pour moi commencé par la douleur.
Je venais de perdre ma mère. Je m'étais réfugiée à
Naples, chez une tante, pour m'ensevelir, loin de ces
lieux, dans mon chagrin. Te dire que j'aimais alors
Naples plus qu'un autre pays, non, ce serait une erreur.
J'aimais l'éloignement et la solitude; voilà tout. En-
fermée dans la villa de ma tante, je me plaisais conti-
nuellement à méditer sur mon triste avenir. Je me
plaisais aussi à élever ma pensée dans la contemplation, et parfois un rayon d'espérance venait briller à
mes yeux. L'espoir est le soutien de tout être sensible;
c'est le premier protecteur que nous donna le Ciel, et le
seul qui ne nous quitte que lorsque nos cœurs sont
vides. J'espérais donc encore, dans ma solitude. La
nature semblait autour de moi mêler ses images les
plus riantes à mon chagrin, à ma douleur. De la fenêtre

4

de la villa, je suivais d'un œil attentif les vagues plain-
tives de la mer de Sorrente, se déroulant aux pieds de
mille ombrages et d'orangers en fleurs. Les rues étaient
désertes. La ville avait perdu ses rumeurs. Tout dor-
mait autour de moi. A la lueur d'un ciel parsemé d'é-
toiles d'or, je regardais les flots, j'écoutais les murmures et les harmonies de la nuit, je me sentais saisir
par cette poésie du silence, remuant les fibres de mon
imagination et de mon cœur. Quelquefois le souvenir
de ma mère délaissée et mourante, et de mon père me
repoussant de ses bras, opérait un changement étrange
dans ma pensée. Je sentais mon cœur bondir dans ma
poitrine, mon regard s'affaiblir, et, dans une muette
rêverie, je restais des heures entières à contempler le
ciel, en silence, à genoux. Eh quoi! me disais-je, j'ai
perdu pour toujours ma mère? Jamais sa bouche ne
s'ouvrira sur la mienne, jamais ses lèvres n'effleureront
plus mon front .. Mon Dieu! je suis bien à plaindre!
Mon Dieu! je suis bien malheureuse! Ainsi disant, je
penchais ma tête sur ma poitrine, et, dans le silence de
la nuit, je pleurais! Je sentais alors le souffle du vent
dans mes cheveux, et je rentrais dans ma chambre,
pensive, recueillie, les yeux en pleurs.

Souvent, avant le jour, quand la mer me paraissait
éloquente dans ses harmonies, je sortais doucement
de la villa, pour courir dans les jardins de ma tante,
situés aux bords même des flots. J'interrogeais chaque
étoile du ciel, j'admirais le murmure confus des vagues,
et ma rêverie se perdait dans une contemplation qui

montait parfois jusqu'à l'extase. Il me fallait autour de
moi cette grandeur et cette magnificence, cette pompe
grandiose de la nature. J'étais seule, et par conséquent
livrée à toutes les impressions de mon âme.

— C'est alors que je vous connus, dit Gina. C'est
alors que vous me fîtes part de vos chagrins.

— Ma tante voulut m'arracher à de pareilles rêveries. Elle me fit, contre mon gré, fréquenter les salons
de Naples. C'est de ce moment, Gina, que date mon
bonheur. Un jour que j'étais dans un de ces salons ita-
liens, quelques personnes, d'un goût pur et éclairé,
parlèrent de nos peintres modernes avec autant d'éloquence que de talent artistique. Un de ces peintres
surtout fut le plus accablé de louanges. J'écoutais ces
conversations avec plaisir d'abord, avec intérêt ensuite, comme une jeune fille qui aime et cultive les
arts. — Signorina, me dit tout-à-coup un jeune homme
placé près de moi, comment trouvez-vous ce tableau
moderne? Et il me montra un tableau qu'on venait de
porter au salon, et qui fixait l'attention générale. Je
fus moi-même éblouie. — Ah! signore, répondis-je, entraînée par mon enthousisme, que c'est beau! que c'est
brillant! Quelle fraîcheur de coloris! Quelle finesse de
pinceau! Et je m'extasiai en le regardant. Ce tableau
représentait le peintre Raphaël, dans un de ses moments d'inspiration. Le visage de ce peintre était un
vrai type du sublime, en peinture. C'était bien la plus
ravissante physionomie d'ange qu'on puisse imaginer,

Gina. Raphaël s'emblait rêveur : ses cheveux se répandaient en boucles soyeuses autour de son cou, ses yeux
étaient levés au ciel. Il tenait son pinceau dans une de
ses mains, de l'autre il comprimait les battements de
son cœur. On aurait dit que l'auteur de ce tableau
possédait au plus haut degré l'art de répandre la vie
sur la couleur; la toile respirait; je voyais un véritable
chef-d'œuvre.

J'en étais intérieurement à me demander quel était
celui qui avait peint avec tant de vérité, avec tant de
génie le grand maître de l'art italien, lorsqu'un léger
murmure se fit entendre autour de moi. Je tournai la
tête : au seuil du salon venait d'entrer un jeune homme,
qui semblait être vivement accueilli. Je ne pus d'a-
bord bien le remarquer, entouré qu'il était de tous.

—Qui est donc ce jeune homme, dis-je à ma tante?

— C'est Lorenzio le peintre, répondit-elle. Puis, elle
ajouta, en me montrant le portrait de Raphaël : c'est
l'auteur de ce tableau!...

Ici Léonia fit une pause. La tête un peu inclinée, les
mains jointes par ses doigts entrelacés sur les genoux,
les yeux pleins d'éblouissements, elle sembla rappeler
à elle un doux souvenir. Elle ajouta bientôt, d'une
voix plus tendre :

— Lorsque tout le monde se fut un peu écarté, je
pus à mon tour connaître et admirer le peintre Lo-

renzio. Je vis un jeune homme au maintien modeste, à
la démarche lente et pensive, à la figure reposée et
harmonieuse, voilée seulement d'une ombre de mélancolie. Son regard avait quelque chose de rêveur, une
expression d'idéale poésie qui n'échappait à personne.
On devinait en lui l'homme supérieur. Son front respi-
pirait la majesté, mais une majesté douce, digne de
plaire et de charmer, en rayonnant.

A son aspect, je me troublai sans motif.

Il portait, comme tous les peintres, un chapeau noir
et relevé, orné d'un ruban de la même couleur, sous
lequel ses cheveux flottaient capricieusement. Ses vêtements étaient élégants, sans être recherchés. Il s'avança
vers ma tante, et vint lui baiser la main. — Savez-vous,
lui dit cette dernière en m'indiquant, savez-vous que
cette gracieuse Vénitienne a vanté avec éloquence,
avec énergie même, votre portrait de Raphaël? Tenez,
tout à l'heure encore elle avait les yeux fixés sur ce
tableau, rien que sur ce tableau, et son regard exprimait l'admiration la plus naïve. Je crois, mon cher
peintre, qu'elle vous préfère à Titien et à Léonard
de Vinci... C'est ainsi que s'exprima ma tante. Pendant
qu'elle parlait, la rougeur avait envahi mon front, j'é-
tais confuse. Le jeune Lorenzio, prêt à m'adresser un
compliment, se tourna de mon côté avec un air plein
de modestie. Je ne sais, en ce moment, quelle étrange
révolution s'opéra en lui, je ne sais quel embarras
subit se peignit sur son visage : son regard se baissa

devant le mien, puis se leva, puis se baissa de nouveau.
Sa bouche s'entr'ouvrit pour murmurer une parole, un
mot quelconque ; mais ses yeux restèrent pleins de con-
fusion, mais sa voix ne put se faire entendre. J'étais là,
près de lui, le front pâle, le regard mouillé, et mon
cœur se mourait sous un poids de bonheur étrange. Ma
tante ne faisait plus attention à nous. Mais lui, il me
prit par la main, il m'entraîna vers l'embrasure d'une
croisée, et là il me dit à demi-voix :

— Mon Dieu ! que vous êtes belle !...

Je sentis sa main brûlante dans la mienne, Gina. Ses
cheveux effleurèrent mon front ; j'entendais son cœur
battre. C'en était fait : j'aimais cet étranger. L'amour,
la passion dont j'étais saisie avaient embrasé, avaient
exalté mon âme ! j'étais heureuse, et pourtant je pleurais !

Léonia leva les yeux au ciel, et croisa les mains sur
sa poitrine, avec amour. On eût cru que son front s'illuminait, qu'une flamme vive et brillante éclatait dans son
regard. Gina, toujours attentive, devina les impressions
qui se faisaient en elle, et, s'inclinant devant la jeune
fille, elle attendit d'être interrogée, pour répondre.

— Depuis cette scène, je ne l'ai plus revu, dit Léonia. Je suis revenue à Venise. Maintenant mon père
désire que je voyage : c'est-à-dire que je m'éloigne
de lui. — Gina, ne dois-je pas choisir Naples pour
résidence ?...

— Sans doute, signorina. C'est là qu'il pense à
vous, lui.

— J'y pense aussi, Gina, à ce jeune peintre. Mon
plus beau rêve me vient de lui. — Tiens, regarde,
ajouta-t-elle, en levant la toile sur laquelle elle dessinait : regarde et juge !

— Ciel, Lorenzio!...

— Tu le reconnais; c'est bien. Rapporte ce tableau
à sa place, je le retoucherai avant de partir.

La belle Napolitaine obéit.

— Maintenant, reprit Léonia, causons un peu. Tu
sais que nous partons dans deux jours?

— Oui.

— Eh bien! avant de quitter Venise, faisons-lui
dignement nos adieux. Visitons-la, courons dans ses
palais, sur ses flots, dans ses temples. Nous ne la rever-
rons plus, peut-être. Ainsi, ce soir, promenade sur ses
rives charmantes. Cela te va-t-il?

— Mais, beaucoup. J'aime toute excursion de ce
genre. Je suis Italienne avant tout, par conséquent enthousiaste pour tout ce qui est beau. L'art est digne de
plaire. Or, l'art n'a étalé tant de beauté qu'à Venise

nulle part. Ce soir donc, un adieu aux merveilles de ce pays. Nous serons fort aimables.

— Dans trois jours nous le verrons, répondit mystérieusement Léonia.

Les deux jeunes filles se turent en souriant. Leurs têtes tournées l'une vers l'autre, leurs beaux bras entrelacés, tantôt sur les genoux de l'une, tantôt sur les genoux de l'autre, les boucles flottantes de leurs cheveux mêlées sur leurs épaules demi-nues, les faisaient ressembler à deux belles cariatides de marbre blanc, accroupies sous le balcon d'une villa romaine, sur lesquelles tombe un lumineux rayon de soleil.

IV.

ASRAEL.

IV.

ASRAËL.

Le soleil venait de se coucher : l'église de Saint-Marc
voyait peu à peu se retirer de ses parvis la foule de
curieux qui vient parfois la visiter, pour admirer ses
monuments, son architecture, ses beautés antiques, auprès desquelles l'artiste éprouve encore une des ces
impressions que l'on ne connaît guère dans nos pays
prosaïques, une tristesse orientale, une mélancolie
sombre, une consternation éclatante qui serre le cœur
sans qu'on sache pourquoi. C'est que dans cette admirable architecture de la cathédrale Saint-Marc, c'est
que sous ces voûtes de marbre, d'airain et de bronze
d'une église dont la coupole se dessine majestueuse-
ment sur le fond même du ciel, et dont le front se
reflète dans la mer, c'est, disons-nous, qu'il y a quelque
chose d'imposant qui fait rêver l'âme et qui la foudroie.

L'idée d'une religion gracieuse ou effrayante dans ses
pompes et dans ses œuvres, se trouve là, vivante, pal-
pable, magique. C'est comme un temple abandonné,
plein de splendeurs menaçantes et de sublimes grandeurs. On croit voir à chaque instant sous ses portiques,
son architecte divin, étendant son compas, trouvant,
créant sous ses doigts des milliers de merveilles, et leur
donnant une âme, une vie, une pensée. Chaque statue
respire et chaque pierre parle, dans cette magnifique
harmonie et dans ce lumineux encadrement de chefs-
d'œuvre vénitiens. Il y a de tout là-dedans. Il y a l'éter-
nité qui éclate, le néant qui dort, dans un silence
sombre, la chair qui bondit, le sang qui circule, la vie
et la mort avec tous leurs contrastes, leurs rayonnements et leur poésie. C'est terrible et c'est beau. Là
viennent s'éteindre les bruits de la foule, et l'on n'y
entre que pour s'y livrer à de vastes sujets de méditation et de rêverie. C'est pourquoi toujours l'on rencontre dans ces lieux des artistes livrés à tout l'enthousiasme
du cœur, et avides des magnificences et des créations
merveilleuses du passé. C'est pourquoi l'on s'y recueille,
loin du monde, comme dans une solitude immense et
idéale. Saint-Marc ! A demi prosterné sur un parvis de
la cathédrale, un jeune homme semblait rêver, les yeux
fixés sur toute cette architecture. En le regardant avec
attention, on aurait remarqué la délicate et pénétrante
beauté de sa physionomie. Plutôt petit que grand, brun
jusqu'à en être jaune, couronné d'une magnifique chevelure bouclée et déjà pourvu d'une moustache très-
noire, il offrait au premier aspect quelque chose de né-

gligé et de maladif; mais un sourire si doux et si beau
illuminait parfois cette figure bilieuse, de si vifs éclairs
de sensibilité donnaient à ses yeux, un peu petits et
enfoncés, une flamme si profonde et si rapide, que ce
n'étaient là ni le sourire, ni le regard d'un être médio-
cre, sans passions et sans enthousiasme. Il y avait dans
la simplicité de son maintien, dans ses gestes et dans
ses attitudes, quelque attrait digne de remarque, une
modestie mêlée de fierté, d'indépendance et d'orgueil.
Nul ne peut dire s'il priait ou s'il rêvait. Mille impressions se peignaient sur ses traits et dans ses yeux.
Il était pensif.

En face de lui, cachée derrière un pilier de la cathédrale, une jeune dame l'observait, par moments,
avec un regard étrange, où l'on aurait cru lire une
passion contenue. Cette dame ne paraissait point être
dans l'église par simple dévotion ou admiration pour
les arts, si l'on pouvait en juger par son air distrait,
par son agitation, par le battement continuel de ses
cils. Le lecteur sera fort étonné d'apprendre qu'elle n'é-
tait autre que la signora Perdilla, la ravissante fiancée
de don Garcy. Que venait-elle faire dans la cathédrale
de Saint-Marc? Pourquoi regardait-elle ainsi ce jeune
homme mélancolique et rêveur?

— Per mio padre, se disait Perdilla, qui peut être
cet étranger? Je me sens attirée vers lui par une sympathie de sentiments. Il est bien jeune, et déjà triste,
déjà pensif. Serait-il malheureux? Aurait-il aimé?...

Per mio padre, je tiens à le connaître, et il fait impres-
·sion sur moi.

La belle Italienne se rapprocha un peu de l'inconnu.

— Mon Dieu ! se disait le jeune homme, est-il possible que le monde n'ait pour moi ni plaisirs ni char-
·me? A mon âge, souffrir n'est pas naturel. Et cependant, trompé dans mes affections, abandonné de mes
amis, toutes mes résolutions sont brisées. Je suis jeune,
je suis fort, je suis libre, et je souffre. Oh ! qui pouvait
me comprendre ! Qui pouvait savoir combien mon intelligence aimait à s'élever ! Ces voûtes sont moins
belles, ces autels sont moins religieux que ma pensée
autrefois. Il y avait un monde dans mon sein. J'avais
rêvé, sous ce beau ciel, une existence si douce. J'avais
livré mon cœur à tant d'idéal et d'amour. Quelle poésie
dans mes songes ! Une poésie vivante. Et quelle vie !
et quels songes ! et quelles palpitations dans le sein !
et quelles mélodies sur les lèvres ! et quelles larmes
dans les yeux ! O Guido Reni ! tu as bien rêvé ; mais
mon cœur a rêvé plus beau que toi !

Je désirais le bonheur ; c'est le premier désir et la
première idole de l'homme. Mais où est le bonheur ?
Qui le sait? chacun le cherche et nul ne le trouve. Un
instant, j'avais cru entrevoir pour moi un riant avenir ;
j'avais mis tout mon espoir dans le cœur d'une femme.
Traits divins, regard aimant, sourire d'ange, telle était

celle qui absorba ma volonté. Illusion! Quelle est la femme qui aurait voulu enlacer de ses bras un être sensible, non comme le sont les autres hommes, mais comme il n'en est point, comme je n'en ai point connu parmi mes amis.

J'étais trop exalté, peut-être. L'exaltation pour moi est presque de l'enthousiasme, et l'enthousiasme rend insensible aux choses de la terre.

Mais l'enthousiasme s'est calmé, et il m'a fallu redescendre peu à peu des magnifiques régions des rêves au monde des réalités. Il m'a fallu enfin jeter un coup-d'œil sur le positif, après avoir épuisé tout l'idéal.

L'étranger leva les yeux au ciel avec une expression que rien ne saurait rendre, et les larmes arrêtées au coin de sa paupière, débordant sous l'émotion intérieure, coulèrent silencieusement le long de ses joues.

— Oh! continua-t-il, tout bas, avec un sentiment de profonde mélancolie : si j'avais pu rencontrer sur ma route un cœur digne d'affection, d'amour, avec quelle joie j'aurais ouvert le mien! Quel espoir me soutenait! Il y a un abîme entre moi et les autres hommes; et ma plus douloureuse torture, c'est de comparer; car il n'y a rien au monde qui me ressemble. J'ai aimé cependant. Aimé! Ce mot ne sied plus à mon cœur flétri, sur

lequel il tombe trop amer et trop brûlant. Après une
confiance malheureuse, j'ai cru que la vie aurait pour
moi des charmes jusqu'alors inconnus à mon âme. J'ai
habitué mon cœur à s'épancher, mes yeux à s'attendrir,
ma bouche à sourire. Et mon amour, mes espérances,
mes illusions même, tout a été brisé ou méconnu. Alors
le désespoir s'est emparé de moi, je suis devenu fier,
orgueilleux. J'ai dit adieu aux joies bruyantes, aux
délices de la vie, j'ai vécu solitaire, j'ai souffert
sans me plaindre ; et, maintenant, me voici, l'âme toujours blessée, les yeux toujours en pleurs. Me voici !
Mon Dieu !

Sa tête se pencha, il porta une main à son front,
comme pour en dissiper le nuage.

A ce moment, la signora Perdilla s'approcha
de lui, et vint s'asseoir à son côté, le sourire sur les
lèvres.

— Bonsoir, signore.

— Bonsoir, signora.

Le jeune homme reprit son attitude, sans qu'un
muscle de son visage trahit la moindre émotion. La
fiancée de don Garcy, orgueilleuse comme une véritable reine, fut un peu découragée par l'accueil froid et
digne qu'on lui faisait. Elle ne se déconcerta pas pourtant. Inclinant son front, avec modestie, elle fit mine

de murmurer un mot de prière, pendant que sa pensée se reportait ailleurs, comme on peut le croire.

— La cathédrale est imposante à voir pendant la nuit, reprit-elle d'un voix qui tremblait un peu, et avec un timbre si sonore et si perlé, qu'on croyait en l'écoutant entendre couler des perles sur un bassin.

L'étranger se retourna, d'un air surpris, et comme émerveillé de l'accent de cette voix :

— Je gage, pardonnez à ma curiosité, que vous êtes artiste, peintre peut-être; en tout cas, admirateur de l'ancienne architecture vénitienne.

— Je ne suis qu'un simple curieux, signora. Il est vrai que j'admire, comme tous les étrangers, les monuments de Venise. Il y a là tant de sujets de méditation.

— Dites plutôt d'enthousiasme, signore. Pour peu que l'on ait l'esprit poétique, et qui ne l'a pas à votre âge! on trouve ici un attrait, un charme et des plaisirs inconnus. On s'élève, on s'exalte devant ces grandeurs d'un passé qui eut de longs jours de triomphe, et qui brilla pour les arts. Quel édifice inouï!...

Perdilla sembla s'animer, en parlant des créations

5

magiques de l'architecture, au moyen-âge. Elle regarda
tour-à-tour les voûtes de la cathédrale, ses autels et ses
portiques, puis reportant son attention tout entière sur le
jeune homme, elle l'enveloppa d'un regard profond et
passionné, rempli d'une muette éloquence.

On eût dit qu'elle voulait l'éblouir. Elle avait dans
l'élévation et dans l'élégance de sa taille, dans la flexi-
bilité du cou, dans la pose de sa tête, dans la finesse
de sa peau rougissant parfois, dans la pureté des traits,
dans la souplesse soyeuse des cheveux noirs ruisselants sur son front, et surtout dans le rayonnement du
regard, des yeux, du sourire, un invincible attrait qu'on
ne pouvait qu'admirer. C'était un ensemble qui saisis-
sait, c'était une expression qui ravissait, c'était une
beauté douce dans sa splendeur. L'inconnu tourna les
yeux vers elle, mais sa physionomie exprimait plutôt
l'admiration que l'amour. Il se sentait attiré vers cette
femme, sans l'aimer.

— Voyez-vous, dit-elle, comme ce silence dans ce
lieu est poétique?... Comme il est fait pour élever
l'âme aux rêveries contemplatives!... Signore, reprit-
elle en passant la main dans les ondes de ses cheveux,
ne vous sentez-vous pas ému sous ces voûtes, loin du
bruit et des hommes... Elle le regarda avec tendresse,
en comprimant les battements de son cœur.

— Signora, j'aime tout ce qui est propre à remuer
et à échauffer l'âme, j'aime les arts. Je suis jeune, sen-

sible, et le beau ciel italien a souri à mon berceau.
Savez-vous, ajouta-t-il, pourquoi je viens ici, devant
tout ce qui est grand, devant tout ce qui est religieux,
m'incliner devant les merveilles et les créations de
l'homme? C'est parce que je trouve dans ces lieux le
repos le plus doux. Quand je souffre, quand mon cœur
est triste, plein de mélancolie, et que je me sens
abattu, je m'approche de ces parvis, je regarde ces
magnificences et ces chefs-d'œuvre géants; et alors, oh!
oui, alors, je m'abandonne à toutes les agitations de
mon âme. Voilà, me dis-je, l'asile du malheureux, voilà
la retraite où je puis m'ensevelir pour bercer ma douleur, pour répandre quelques larmes! Eh! n'est-il pas
vrai, signora, qu'une solitude aussi grandiose, œuvre
des humains, parle un langage magique à l'homme dont
le cœur, encore jeune, est brisé pour toujours?...

— Je suis de votre avis. Vous souffrez donc... pauvre
jeune homme... vous souffrez... à votre âge...

— O mon Dieu, pardonnez-moi, signora, fit l'étranger en rougissant, si j'ai mis devant vous mon âme à
nu... j'ignorais que de pareilles confidences ne se font
point... Je rêvais....

Il se fit un moment de silence. Perdilla rejeta autour
de son cou les boucles de ses cheveux, et prit une
pose voluptueuse, devant le jeune homme étonné.

— Et cependant, reprit-elle, il me semble qu'il doit

être bien facile d'être heureux à votre âge, surtout quand on est enthousiaste de tout idéal, et que l'on sent dans son cœur un besoin incessant d'amour et de jouissance.

— C'est vrai, signora, c'est chose bien facile, et cependant je ne suis pas heureux, répondit le jeune homme, avec amertume.

— Je dois vous paraître bien indiscrète, n'est-ce pas? Mais cette initiation à une vie qui n'est pas la mienne m'intéresse au dernier point. Moi, je suis jeune encore, et je sais concevoir le malheur. Voyons, fit-elle avec une certaine émotion, faites-moi des confidences : je suis femme, je connais un peu le cœur humain, peut-être pourrais-je vous donner un bon conseil.

— Non, signora. Mes blessures sont de celles qui ne peuvent jamais guérir.

—Eh bien ! moi, je parie une chose, continua Perdilla, dont la voix tremblait.

— Et que pariez-vous ?

— Je parie, signore, que vous êtes amoureux.

— Moi ! s'écria l'étranger, avec stupeur. Vous vous trompez, signora. Vous vous trompez.

Perdilla ne put retenir un mouvement de joie. Un

éclair de vive satisfaction brilla dans ses yeux. Jamais elle n'avait paru plus belle, jamais on n'avait vu sur ses traits une plus radieuse image de la joie, de la jeunesse et de l'amour. Elle s'était rapprochée, les mains jointes sur sa robe, dans l'attitude de la langueur qui rêve, en regardant l'inconnu et en paraissant s'abandonner à une douce pensée. Un charmant sourire se dessinait sur ses lèvres, elle avait dans la voix une harmonie enchanteresse qui ravissait.

— Ainsi, dit-elle, ce n'est pas l'amour qui vous a rendu déjà si triste...

— C'est le monde, signora, c'est le monde qui, dans son égoïsme, n'a rien voulu voir de ce qu'il y avait de grand et de passionné dans mon cœur. Je n'ai rencontré sur ma route aucune âme digne de mon culte, de mon adoration, de mon amour. Je m'étais fait un idéal trop beau. J'avais imaginé une existence trop poétique. Je fuis les hommes maintenant.

— Et, cependant. reprit Perdilla avec émotion, qui vous dit que vous ne trouverez pas à la fin un cœur digne de vous?

— Je n'ai plus cet espoir. Longtemps j'ai cru que cela pouvait être, et je me plaisais à conserver parfois cette illusion ; mais elle s'est évanouie...

— Vous doutez donc de la bonté de Dieu ?

— Je doute du bonheur.

— Vous avez tort, peut-être.

— Oh! répondit le jeune homme, qui se sentait
attendri en écoutant les paroles de la belle Italienne.
comprenez-vous, signora, tout ce qu'il y aurait d'ineffable et de ravissant pour moi dans les inspirations
d'un cœur fait pour s'unir, pour se mêler, en s'épan-
chant, au mien? Comprenez-vous les voluptés soudaines, inattendues, enivrantes, que je trouverais dans
un amour aussi éblouissant, aussi lumineux? Oui, la
véritable alliance de deux êtres sensibles, c'est celle-là,
c'est l'harmonie de deux natures, c'est la sympathie
invincible. Mais il y a des milliers de créatures qui
meurent sans avoir jamais connu cet amour. C'est le
seul que j'ai espéré pourtant, c'est le seul qui soit
digne de l'homme, parce qu'il est vrai, et qu'il s'ap-
puie sur une communauté de sentiments. Deux cœurs
qui se comprennent, qui se sentent attirés l'un vers
l'autre par une passion sublime, que le temps même
ne peut altérer, mais c'est un amour fait pour les
anges du ciel! Les passions purement capricieuses,
jouissances sensuelles, les joies de la vie, ne sont
rien à côté de cela. Mais où chercher un pareil amour?
Qui le sait? Chacun le désire, et nul ne le trouve. On
use la vie à le demander, et l'on meurt sans l'avoir
connu. Il n'existe pas. Mon âme l'a cherché vainement.
Ce monde est trop froid pour contenir de pareilles impressions.

— Ne doutez pas, s'écria Perdilla, le sein palpitant.
Ne doutez pas. Cet amour existe...

Elle s'arrêta là un moment comme pour prier tout
bas : l'étranger le comprit au léger mouvement muet
de ses lèvres et à l'abaissement de ses longues paupières roses sur ses yeux. Elle paraissait attendrie.

— Cet amour existe, ajouta-t-elle, je le connais,
moi...

Le jeune homme fit un geste de doute.

Puis tout retomba dans le silence.

Au bout d'un moment, Perdilla se leva, les yeux
rayonnants d'éclairs, les lèvres frémissantes, et d'une
voix qu'on entendait à peine :

Quel est votre nom, dit-elle au jeune homme?

— Je m'appelle Asraël.

— Signore Asraël, tout le monde vous dira que Perdilla est une femme qui sait aimer. Quand vous souf-
frirez, épanchez votre cœur dans le mien. Je saurai
vous comprendre.

Elle ne vit pas le jeune homme secouer la tête
d'un air chagrin, et, s'élançant hors de la cathédrale,
lle disparut à ses yeux.

Alors ce dernier reprit sa méditation.

L'église Saint-Marc, éclairée par quelques lumières funèbres, avait un caractère lugubre et solennel. L'étranger fixa longtemps son regard sur cette masse imposante de pierre et de bronze, sur ces autels déserts, sur ces portiques grandioses, et lorsque les lampes de l'église, prêtes à s'éteindre, ne jetèrent plus que quelques pâles lueurs autour de lui, longtemps on vit sa chevelure noire flotter sur son cou, et son ombre grandir dans l'enfoncement, comme par l'effet d'un mirage. Asraël !

V.

PREMIÈRE LETTRE D'ASRAEL A LORENZIO.

V.

PREMIÈRE LETTRE D'ASRAËL A LORENZIO.

J'apprends avec plaisir, mon cher ami, que tu travailles toujours avec la même ardeur dans cet art plein de charme qui nous a valu André del Sarto et le Titien. J'apprends avec plaisir que tes derniers tableaux ont eu un véritable succès, et, pour ma part, je te souhaite un rang de grand maître et de grande école dans la peinture.

Je suis loin d'être aussi heureux que toi. Voilà tantôt deux ans que je vis à Venise sans parents, sans amis, dégoûté en quelque sorte de l'existence, et ne possédant pour toute fortune qu'une faible pension que m'a laissée ma mère, avant de mourir. Tu sais que je me su

dévoué un peu à l'étude des lettres, que ma vraie vocation est la poésie ; mais cette vocation est loin de
m'être aussi propice et aussi avantageuse que la
tienne l'est pour toi. Ce n'est pas, il est vrai, pour la
fortune, moins encore pour la renommée, que j'écris et
que je chante mes tristesses et mes impressions; c'est
pour satisfaire les instincts de mon cœur. Cela me plaît.
Pourquoi, me diras-tu? Eh! mon Dieu! peut-on renoncer à ce qui enchante et purifie l'âme en l'exaltant?
Peut-on dire à la poésie, c'est-à-dire au rêve : Je ne te
connais pas, quand chaque jour, à toute heure, elle
vient vous bercer avec ses illusions? L'illusion! voilà
un mot bien sonore et bien effrayant.

Tiens, tout-à-l'heure encore, je pleurais silencieusement dans ma chambre, en jetant un coup-d'œil sur
mes misérables jours. Sans amis, sans objets d'affection, je me trouvais tant à plaindre! Sans une mère
pour me sourire, je me sentais si abandonné! Vingt
fois je passais la main sur mon front qui frissonnait,
pendant qu'une larme coulait de mes yeux.

Et l'on ne se doute pas cependant en me voyant paraître dans le monde avec un air riant, non, on ne se
doute pas que je viens de souffrir et que mon cœur est
brisé. D'ailleurs, qui pourrait me consoler? Qui pourrait recueillir dans son sein mes tristes confidences?

Quelquefois, je reste tellement abattu sous ces impressions, que je rentre dans ma chambre sous un pré-

texte quelconque, de peur qu'on ne devine ce qui rend
tout-à-coup mon visage si triste. Là, je me laisse aller à
une rêverie profonde, et je repasse avec amertume toutes mes pensées d'autrefois. Et maintenant encore, au
moment où je t'écris, j'interromps ma lettre, pour me
renverser sur ma chaise, d'un air triste et désolé. Par
ma fenêtre entr'ouverte, je regarde se coucher le soleil, et je vois au loin disparaître dans un brouillard
épais les lagunes, les grèves que j'aime tant à parcourir. Il y a pour moi dans ce deuil de la nature, dans ce
crépuscule, dans ces jeux de la lumière et de l'ombre,
il y a pour moi quelque chose d'étrange qui me rend
rêveur. Je compare mon cœur si jeune encore, et pourtant si malheureux, à une de ces ombres que ne dissipe
plus la lumière du jour. O mon ami! si tu savais combien ce spectacle, si puéril en apparence, réveille d'é-
motions en moi! Si tu savais combien j'aime à suivre
chaque rayon, chaque étoile que je vois se lever au ciel,
et quelles pensées envahissent mon esprit, et quelle
tristesse amère se répand dans mon regard et sur mon
front! Dieu est le seul grand poète qui soit digne d'être
admiré : il fait parler la nature.

Oh! dis, te souvient-il de ces promenades solitaires
que nous faisions tous deux, aux approches de la nuit,
sous le beau ciel de Naples? Te souvient-il de l'attention que je prêtais à tes paroles quand tu me récitais, à
voix basse, des vers de Pétrarque ou du Dante? Qu'est
devenu ce temps favorisé? Nous étions bien jeunes tous
deux. La vie se montrait souriante à nos regards. Aucun

souci n'imprimait une ride à nos fronts, aucun remords
ne s'éveillait dans notre cœur. Je me rappelle t'avoir
vu quelquefois devenir fou de quelque toile de Raphaël,
de la Galathée, de la Farnesina, ou de quelque page
de poésie ouverte sur ta table, et c'est avec une larme
dans l'âme que je me reporte à ces jeunes années, si
brillantes et si splendides, lorsqu'elles se retracent à
mon imagination.

Puis nous nous sommes séparés. Tu es resté à Naples, au bord de l'harmonieuse mer de Sorrente, et je
suis venu à Venise achever mon éducation. Combien de
fois ai-je désiré me rapprocher de toi, mon seul ami,
mon seul confident! Combien de fois ai-je maudit cet
espace qui nous sépare, et que j'aurais voulu franchir
d'un trait pour te serrer sur mon cœur! Ne t'en étonnes
point, mon cher Lorenzio. Dans cette ville si poétique,
sous ce ciel si lumineux et si brûlant de Venise, je vis
seul, je n'ai point d'amis, et je coule des jours, sinon
infortunés, du moins sans prestige et sans charme. Un
instant j'ai cru qu'une passion soudaine allait envahir
mon cœur, qu'une autre existence allait se confondre à
la mienne; ce n'était qu'un rêve. L'ange que j'ai entrevu dans mes songes n'existe pas, ne peut pas exis-
ter. J'ai à peine atteint une vingtaine d'années, et
pourtant je n'ai aucune de ces jouissances qui enchan-
tent la jeunesse de mon temps, aucun de ces désirs qui
l'enflamment et la soutiennent. Parfois, je m'étonne
moi-même du vide de mon cœur, je m'interroge, et je
ne trouve en moi aucun aliment de passion. Jusqu'à

présent, je n'ai ressenti d'amour que pour les peintures de la grande école italienne et l'architecture du
moyen-àge, dont j'ai tant d'exemples à Venise. Tout ce
qui est une œuvre d'art, une création du génie humain, m'élève et m'attire ; je m'enivre de cette haute
et grande poésie que nos peintres et nos sculpteurs ont
répandue dans leurs magnifiques productions. Aussi, tu
serais étonné de me voir toujours visiter, toujous parcourir les places publiques, les palais, les temples,
tous les lieux où la main des hommes, poussée par une
inspiration magique, a créé de si colossales merveilles.
Tous les ornements frivoles de l'imagination s'éclipsent
devant moi à l'aspect de ces chefs-d'œuvre des arts et
de ces hautes conceptions qui transportent et exaltent
l'intelligence. Je ne sais quoi d'inconnu m'attire vers
toutes ces beautés, fasciné par une sorte d'inspiration.
Ces œuvres sont, après tout, les plus impérissables, les
plus belles créations de l'humanité. Aussi restent-elles
ineffaçables dans la mémoire des hommes, qui, de
siècle en siècle, le regard fixé sur de pareils monuments, contemplent avec admiration ces débris vivants
d'un passé glorieux.

Et dire que toi aussi tu connais cet art enchanteur
de donner la vie, l'immortalité à une simple toile?
Tiens! Lorenzio, tu es heureux, bien heureux ! Ce que
tu sens, ce que tu rêves, tu peux le reproduire avec
art, avec enthousiasme, et devant les tableaux on ne
ressent que de l'admiration. On m'a appris que déjà
une de tes œuvres a l'honneur de figurer à la galerie de

Florence, et que tout ce qu'il y a de plus distingué dans
l'Italie se dispute tes essais. Je n'ai pas besoin de t'af-
firmer combien cette nouvelle m'a rendu joyeux. Personne n'a applaudi et n'applaudira à tes succès avec
plus de sincérité et de plaisir que moi. Réjouis-toi, réjouis-toi ! Tes pensées sont comprises, ton talent est admiré, ton pinceau est presque trouvé digne des grands
maîtres. Plus heureux que moi, tu vois à peine, à l'aurore de ta vie, l'avenir te sourire. Jusqu'à présent je
n'ai fait que chanter comme un orphelin, avec désespoir, les souffrances intérieures, les indicibles mélan-
colies dont je suis accablé ; toi, je t'ai vu peindre les
plaisirs de la jeunesse, plaisirs ineffables que tu ressens, et, quoique malheureux, j'admire encore les brillants écarts de ton pinceau !

Oh ! si j'étais au temps où tu te faisais un amusement
naïf et railleur de me peindre de pied en cap, sur une
toile, dans ton beau jardin de Naples ! — Asraël, me
disais-tu, viens donc voir ton portrait ; c'est Lorenzio,
ton ami, qui te consacre son talent. — Et j'accourais,
et je t'applaudissais avec fureur. Temps heureux
que celui-là ! Que ne peut-il renaître !...

Mais, me diras-tu, qu'as-tu donc à te plaindre ? N'es-
tu pas libre ? N'es-tu pas indépendant ? Ce que j'ai à
me plaindre, ami ? Eh ! puis-je te le dire moi-même ?
Un abattement sans cause m'accable. Une mélancolie
noire me poursuit. Je suis mysanthrope. Sais-je pourquoi ? Non, mais telle est maintenant ma nature. Il y a
un vide orageux dans mon cœur. Je ne sais pourtant ce
que je désire et ce qu'il me faut pour le remplir. Je

suis comme une âme aveugle qui a perdu la lumière du ciel et qui ne se soucie pas de celle de la terre. Je suis comme un infortuné découragé de la jeunesse et de la vie. Après cela, traite-moi d'esprit sombre ; tu auras raison peut-être. Mais je crains de ne l'avoir pas décrit, comme il le fallait, ce qui se passe en moi. Mets que je n'ai rien dit. Tiens ! je brise ma plume. Est-ce qu'il est possible de se peindre soi-même ?

Adieu, Lorenzio. Je te quitte, le cœur rempli d'émotion. Sois heureux, et pense un peu à moi. Peut-être irai-je bientôt te rejoindre à Naples, et t'embrasser fraternellement.

VI.

DEUXIÈME LETTRE D'ASRAEL A LORENZIO.

VI.

DEUXIÈME LETTRE D'ASRAËL A LORENZIO.

Mon cher Lorenzio,

Prépare-toi à recevoir une de ces confidences qu'on ne fait qu'à un ami, tant elles sont inattendues et graves. Ce qui manquait à mon bonheur, je le sais maintenant, je puis te le dire, je l'ai vu! Non, le Dante n'a jamais rêvé, non Guido Reni n'a jamais entrevu une divinité plus magique et plus enchanteresse que celle qui a ébloui mes yeux. Letizia! Pazzia! Doléezzia! les plus brillantes expressions de notre langue ne pourront jamais peindre les sentiments qu'elle m'inspire. Non, ce n'est pas une créature vulgaire que cette femme : il y a sur son front et dans ses yeux quelque chose de divin. Tu es un peintre distingué, Lorenzio, et cependant il est impossible que ton pinceau ait pu reproduire un type plus parfait de la beauté céleste, des traits plus rayonnants de candeur, des regards aussi remplis de feu, de passion, d'amour. Comment pourrais-je parvenir moi-même à te décrire tant de charmes? Comment pourrais-je te pénétrer de cet enthousiasme qu'elle met dans tous les cœurs? Efface, efface les lignes que je viens de tracer : elles ne disent rien. Elles ne peuvent rien dire. C'est avec les émotions de mon cœur que je devrais te faire le portrait de cet ange ; c'est avec les transports de la passion que je devrais te peindre sa ravissante beauté. Que dis-je! suis-je capable d'éprouver des sensations assez brûlantes et assez belles pour t'exprimer mon amour? Ce n'est pas moi qui puis, d'un trait, te représenter ce que le Titien lui-même n'a entrevu dans ses rêves , qu'au moment de **mourir** !

Mais, me diras-tu, quelle est donc cette femme? Je ne puis te le dire, je n'en sais rien. Seulement. représente-toi un visage de vierge, divin par la beauté, féminin par l'amour! de ces yeux qui, en rayonnant, attirent une âme tout entière dans un regard et la consument dans un éclair! Représente-toi une figure , une taille, des traits comme les anges seuls en ont, quelque chose de mélancolique comme notre beau ciel, de riant comme nos aurores, de rêveur comme nos nuits, de doux comme nos climats ; voilà son image. C'est elle !

Mais je m'aperçois que mon récit ne te met au
courant de rien : je dois te paraître bien fou. Patience !
j'arrive au but.

Tu sais combien j'aime la solitude et le recueillement,
combien je me plais à réfléchir seul devant les grandeurs d'un passé qui brilla avec éclat, et qui n'est plus.
Il y a quelques jours, j'entrai à la cathédrale de Saint-
Marc, pour en admirer l'éclatante architecture ; le soleil
venait de se coucher. C'est mon habitude, la nuit, de
regarder, à la pâle clarté d'une lampe, les merveilles
de ce temple chrétien. Ce n'est pas la prière, c'est la
méditation qui m'y attire. Le poète et le sculpteur,
avec ces illuminations soudaines, avec ces grandes pensées, avec cet instinct admirable qui les caractérisent,
répandent comme un souffle de vie sur tout ce qui sort
de leurs mains. Je m'abandonnais à des idées que je
ne pourrais reproduire, sur les vastes portiques de
Saint-Marc, lorsqu'un vieil artiste qui m'avait connu à
Naples, et qui, comme moi venait applaudir les éton-
nantes créations des arts, me frappa sur l'épaule, m'ap-
pela par mon nom, et me parla de mon pays ; il me fit
même ton éloge. A ce moment, un cri, un soupir plutôt,
se fit entendre près de moi... Je me retournai. O Lorenzio, est-il possible de rien imaginer de plus parfait
que cet être qui tout-à-coup vint s'offrir à ma vue? Oh!
dis, as-tu jamais vu passer dans tes songes une vierge
plus digne d'inspirer l'amour que celle que je vis agenouillée près de moi? Imagine-toi une jeune fille simple, belle, modeste, au regard ému. Écoute sa voix qui

s'élève avec la douceur d'un Ave Maria, sa voix ravissante de tendresse et de mélodie... Je l'entends encore, cette mélodie; elle caresse encore mon oreille avec ses accents enchanteurs!... Et je la vois, cette créature du ciel, avec son sourire d'ange, sa chevelure d'or, ses longs cils où brille une larme, et sa taille aérienne. Oh! si j'avais eu en ce moment le génie d'André del Sarto! Si j'avais pu, d'un trait de pinceau, immortaliser cette scène! Mais attends, cher ami. Je ne t'ai point tout dit. Je ne t'ai point dit que cette jeune fille m'a parlé! parlé avec une voix si douce, que je croyais l'entendre adresser encore, tout bas, une prière à la Madone.

— Vous êtes de Naples, signore, me dit-elle, avec un sourire que je ne pouvais soutenir.—Oui, signorina, répondis-je, en tenant devant elle les yeux baissés.—Ah! voyez-vous, reprit-elle, au bout d'un moment, le nom de Naples fait toujours sur moi une certaine impression. J'ai laissé dans ce pays de si beaux souvenirs! — Et pendant qu'elle parlait ainsi, je vis briller une larme dans ses yeux, je vis son front rougir, et ses mains se croiser sur sa poitrine comme si elle eût été en extase. On eût dit la statue de la Prière, sous les portiques d'un temple abandonné. De ses yeux candides, aimants et profonds jaillissait un de ces éclairs qui révèlent une âme de feu, et moi je me sentais frémir et palpiter devant le regard de la belle Vénitienne.

Elle me parla de Naples avec beaucoup d'enthou-

siasme. Elle me fit la charmante description de ce pays.
Elle ne me laissa pas ignorer qu'elle aimait les arts avec
toute la poésie d'un cœur jeune et naïf. Puis, souriant
avec grâce, elle me dit : mais vous devez être vous aussi
un peintre ou un statuaire, car vous voilà comme moi
à admirer nos meilleurs tableaux et nos plus brillants
monuments. — Je vous avoue, signorina, répondis-je,
que tout ce qui est une œuvre d'art charme mes yeux
et élève ma pensée. Mais je n'ai fait aucune étude là-
dessus, et je suis simplement, comme vous venez de le
dire, un admirateur fidèle de ces chefs-d'œuvre. —
N'est-ce pas, reprit-elle alors sans répondre à mes dernières paroles, n'est-ce pas que ces tableaux ont un
attrait magique qui attire et impressionne? N'est-ce pas
que ce vaste entassement de marbre et de pierre en impose à l'esprit et à l'imagination des hommes! Et ces
statues! Que ce temple est beau! Mais c'est encore
moins l'idée de la divinité que l'idée de l'art qui pré-
side à ces merveilleuses beautés, et l'œil de l'homme
se plaît plutôt à y reconnaître la main d'un artiste ou
d'un architecte distingué que le bras de Dieu. Cependant, ce monument capricieux, grandiose, semblable à
une religion qui en impose à l'esprit par la majesté
et l'expression de ses œuvres, révèle en quelque sorte
une idée d'immortalité. Le plus grand et le plus parfait sculpteur qu'il y ait au monde n'a rien à ajouter à
tant de perfection. N'aimez-vous pas, signore, n'aimez-
vous pas comme moi ce sanctuaire silencieux, ces statues animées, pleines de vie, et ces anges aux ailes
déployées qui semblent planer autour d'un autel?...

Quand j'étais petite, ajouta-t-elle doucement, ma mère
me menait en ces lieux, devant la statue de Saint-Marc,
pour y prier. Je regardais ces Madones et ces Vierges
avec admiration, avec amour ; déjà l'art se révélait à
moi avec toute sa beauté idéale. Maintenant, je n'y viens
que pour me pénétrer des grandes choses ; et cependant
ne suis-je pas encore tout enfant ? » Elle rougit, sa paupière se baissa. Pour moi, je restai stupéfait en l'entendant parler avec une intelligence si vive. Elle avait
l'attrait soudain, l'abandon naïf, la fougue, les élévations des âmes de feu de l'Italie, avant qu'on jette un
aliment de passion à dévorer à leur flamme. Qu'elle était
là, belle, sensible, aimante, lorsqu'à l'aspect des chefs-
d'œuvre des hommes, elle ne s'abandonnait qu'à l'élan
d'une vive foi, aux inspirations de son cœur religieux !...
Elle était presque agenouillée devant la statue de Saint-
Marc, dans l'attitude de la rêverie, et un sentiment
d'amour profond, inconnu pour moi jusqu'alors, éclairait mon âme. Je croyais vivre d'une nouvelle vie, en
commençant à aimer pour la première fois. Je sentais
mon cœur renaître à l'espoir : jamais l'image du bonheur ne s'était présentée à moi avec tant de force. Cependant je n'osais même pas demander son nom à la
belle Vénitienne. J'appris d'elle-même qu'elle maniait
le pinceau avec assez de facilité. — Croiriez-vous, signore, me dit-elle que le plus grand amusement de ma
vie consiste à imiter nos bons modèles ? Je ne passe
pas de jour sans avoir devant moi une vieille œuvre de
Titien ou de Léonard. Toutes les majestés de la poésie
et toutes les magnificences de la nature rayonnent pour

moi dans les tableaux de ces peintres. Je cherche, non
pas à les effacer, mais à les comprendre et à les tra-
duire. Je ne m'écarte jamais de leurs modèles, jamais
je ne copie que leurs dessins. — Une fois cependant,
ajouta-t-elle d'une voix palpitante et avec un attendrissement profond dans les yeux, une fois je me suis ha-
sardée à dessiner sans modèle. C'était à Naples. Vous
savez, signore, combien votre patrie est belle à voir
pendant le coucher du soleil. Un soir que je revenais
des bords de Pompéia, l'aspect du ciel italien, semé de
mille étincelles de feu et de quelques étoiles naissantes,
frappa tellement mes yeux, que j'entrepris de peindre
ce tableau pittoresque. La mer de Sorrente, regardée
de la fenêtre de ma villa, formait un admirable spectacle. Peu à peu les ombres de la nuit voilèrent le ciel,
et le silence régna dans la campagne. Et moi, prêtant
l'oreille au murmure des flots, et regardant le firmament, je sentais mon âme s'émouvoir, s'enflammer devant les merveilles de la nature. Depuis, j'ai aimé Naples. Puis, vous l'avouerai-je? C'est là que j'ai été vraiment heureuse. » En parlant ainsi, son cœur palpitait :
elle allait continuer, lorsque, apparaissant tout-à-coup,
une jeune femme vint lui parler tout bas. — C'est bien,
Gina, répondit-elle, nous allons nous retirer. Elle se
retourna alors vers moi : Pardonnez-moi, signore, me
dit-elle, si je vous ai entretenu si longtemps sur votre
pays. Mais un Napolitain me semble toujours un frère. »
Elle me salua des yeux et du sourire, inclina sa tête
devant la statue de Saint-Marc, et sortit de l'église en
s'appuyant sur le bras de sa compagne. Je vis encore

une dernière fois, à la clarté d'une lampe, ses longs
cheveux blonds flotter autour de son cou ; j'entendis
encore une fois le frôlement de sa robe sur le parvis,
et lorsqu'elle eut disparu de ces lieux, je la suivais
encore du regard.

Quelle était cette jeune fille? D'où venait cette
Vierge plus belle qu'une toile de la Galathée et de la
Farnésina? Mon cœur bondissait dans ma poitrine.
Agité, éperdu, je m'élançai hors de la basilique, j'errai
avec agitation dans les rues de Venise. La nuit était
tiède, le ciel d'une admirable sérénité, la lune alors en
son décours, se levant tard et ne se couchant qu'à
l'aurore, jetait ses flots de douce lumière sur les paysa-
ges lointains, aussi brillamment éclairés qu'en plein
jour. Tout ce qui venait de se passer me paraissait un
rêve. Mon premier mouvement fut de lever les yeux
vers le ciel pour le remercier de m'avoir fait connaître
le véritable amour. Voilà, voilà, me disais-je, un tableau
digne de charmer les yeux de cette Vénitienne si belle
et si naïve. Tout est harmonie et réjouissance au-dessus
de ma tête, tous est espérance et délire dans mon
cœur. Venise! que tu me sembles belle maintenant!
Quelle mélodie au bord de tes flots! Quelle fraîcheur,
quelle poésie sur tes grèves! O mon ami, peut-on
décrire des sensations comme celles que je ressentis
alors!

Je rentrai chez moi, non plus rêveur, non plus mélancolique comme d'habitude, mais transformé par le bon-

heur et par l'amour. Je marchais, j'allais, je courais
dans ma chambre, les yeux tout éblouis, l'oreille toute
sonnante, le cœur tout troublé. Les regards de la jeune
Vénitienne avaient absorbé ma volonté. Je m'étais senti
pénétrer dans cette atmosphère de langueur, de feu, de
mélancolie, qui enveloppait cette magicienne de dix-huit
ans. Son regard, sa voix, son sourire, son émotion, son
image tout entière agitait mon âme, dominait ma pensée
et brillait à mes yeux. Je comparai, sans m'en rendre
compte, cette innocence, cette pureté, cette sérénité
d'un cœur plein de flamme fait pour réfléter les plus
magnifiques impressions, avec les évaporations, les
délires, les plénitudes et les vides désespérés du cœur
que je venais d'éprouver tour-à-tour dans les premières
émotions de la vie. Je ne pus m'endormir dans une pareille agitation. Il fallait un peu d'air à ma tête brûlante. J'ouvris la fenêtre de ma chambre, et je plon-
geai mes regards dans toutes les rue de Venise, comme
pour tâcher encore d'apercevoir le pied mignon, la
taille aérienne, la robe frémissante de l'inconnue. O
combien je m'abandonnais à la rêverie! Combien je
me livrais à l'espoir! Jamais le ciel ne m'avait paru
si serein et si beau : il y avait je ne sais quoi de magique pour ma pensée dans ces sillons d'or qui traver-
saient l'espace, dans ces rayons qui s'échappaient d'un
ciel toujours pur, dans cette majesté de la nature que
le pinceau du plus habile peintre serait impuissant à
reproduire. Désormais, il y allait avoir un changement
nouveau dans ma vie, dans mes habitudes, dans ma
pensée. Je sentais que je n'étais plus le même homme.

Moi qui, jusqu'alors, passais avec indifférence devant les femmes, parce que je ne croyais pas à l'amour, combien j'aurais donné pour presser sur mon cœur ce sein palpitant, pour entourer de mes bras cette taille frêle et flexible dont le souvenir m'éblouissait. Combien j'aurais aimé à soutenir sur ma poitrine ce corps charmant et pur, digne du pinceau d'un artiste divin! Combien j'aurais aimé à voir cette belle tête d'ange se pencher sur mon épaule, pour inonder mon âme d'un torrent de joie. Le sang grondait dans ma tête et refluait vers mon cœur; je ne sais quels désirs étranges transportaient et exaltaient mon imagination. Je la voyais toujours devant moi, cette femme jeune et belle, au front pur, aux regards brillants, je la voyais avec tout l'éclat et tout le prestige de sa vive et lumineuse beauté. Je voyais dans ses yeux, respirer la modestie, l'innocence, la candeur. Ma tête s'égarait dans un délire continuel, mon corps brûlait, je n'avais plus ni force ni volonté.

Huit grands jours se sont passés depuis cette scène, et je ne l'ai pas revue. C'est en vain que je me suis mille fois promené dans les divers quartiers de Venise. Pas un visage, pas un regard, pas un sourire ne m'ont rappelé l'enivrante beauté de cette femme. Serais-je destiné à ne la plus revoir? C'est impossible. Depuis son apparition inattendue, je sens que je ne puis plus vivre sans elle. Son regard m'a foudroyé. C'est un de ces coups dont on meurt, qu'on peut éviter quelquefois, mais dont on ne guérit jamais. Ma vie serait incon-

testablement perdue, mon âme brisée, si j'avais la cer-
titude de ne pas être aimé d'elle! Je n'écris ceci qu'à
toi seul, Lorenzio, parce que seul tu peux comprendre
quel genre de révolution vient de s'opérer en moi. Non,
tu ne reconnaîtrais plus ce timide Asraël qui ne se
sentait jamais à l'aise devant la présence d'une femme,
si tu venais à me voir, tel que je suis maintenant, oc-
cupé à rechercher sur les traits de toutes les jeunes
signoras, quelque chose qui ait un rapport quelconque
avec le visage de mon inconnue. Tu es peintre, Lorenzio,
tu as aimé. Tu me l'as dit. A mesure que, posant devant
toi, et docile à tes volontés d'artiste, un de tes modèles
découvrait successivement mille charmes inconnus à
tes yeux, cette nudité sublime qui éclatait te donnait le
frisson. La chair bondissait sous le pinceau; la pourpre
courait dans les veines; tu jetais un cri d'admiration.
La passion la plus furieuse, disais-tu toi-même, succé-
dait quelquefois dans ton cœur à l'amour toujours pur
et toujours idéal de l'art. Eh bien' mon ami, tu n'as
rien vu, tu n'as rien aimé. Il te reste à admirer le chef-
d'œuvre le plus parfait des créations merveilleuses de
Dieu. Certes, si tu voyais apparaître soudain devant
toi cette femme aimante et passionnée dont le souvenir
me poursuit, tu te sentirais attiré vers elle par un attrait
irrésistible et tout-puissant, par un charme sublime et
magnétique. Cette femme ne semble pas vivre dans notre atmosphère; non, elle est sous la voûte céleste des
amours, comme les madones de nos peintres sont sous
leur ovale filet d'or. Difficilement trouverait-on sur
la physionomie, dans les yeux, et sur les traits d'une

créature des cieux plus de perfection, plus d'a-
mour. Ce n'est pas seulement la beauté qui attire,
c'est la beauté qui enthousiasme, qui éblouit, et qui
foudroie. A l'heure où je t'écris, au moment où, d'une
main tremblante, je te dépeins ainsi mes impressions,
en mouillant ce papier de mes larmes, le croirais-tu? En
ce moment, j'élève vers le ciel un regard suppliant
pour dire à Dieu de me donner le cœur de cette femme
ou de m'ôter la vie. Plutôt mourir que de vivre sans
son amour! C'est du délire, diras-tu. Non, Lorenzio,
non, mon ami, c'est plutôt une passion sincère et rai-
sonnée qui frappe toutes les fibres de ma vie et de mon
cœur, et c'est vainement que je voudrais m'en rendre
maître. Un tel amour est un don inconnu et une puissance magique. Il n'est permis à aucun être vivant d'y
échapper. Je n'aurais pas cru autrefois, il est vrai; à cette
transformation qui s'opère, et je l'aurais prise pour une
conception imaginaire de poète : mais je ne puis plus
douter. Quand donc la pourrai-je revoir et lui parler, à
cette créature qui a changé ainsi mon cœur? Quand
pourrai-je lui exprimer ce que je ressens avec tant de
délire? Qui me conseillera? Oh! réponds-moi, Lorenzio. Un mot des tiens, dans cette occasion, me sera si
doux!...

Mais je m'aperçois trop tard que je t'ai déjà écrit
une grande quantité de pages. Il fait nuit. Ma lampe
vacille, prête à s'éteindre. Je sens, pour la première
fois, après bien des jours, le sommeil me gagner.
Mes paupières s'appesantissent. Mon corps a besoin

un peu de repos. Adieu donc, ô mon meilleur ami!
Adieu, je t'embrasse avec tendresse, et frémissant
encore d'espoir, de bonheur, de volupté, au souvenir
éblouissant de l'image qui me poursuit.

VII.

TROISIÈME LETTRE D'ASRAEL A LORENZIO.

VII.

TROISIÈME LETTRE D'ASRAËL A LORENZIO.

O amore! amore!... Je l'ai revue, Lorenzio, je l'ai
revue, et m'a elle parlé! Bonheur suprême! Joies ineffables que j'étais loin d'espérer! Oui, maintenant je
pourrais lui parler de mon bonheur, lui dire mon
amour, m'incliner à ses pieds pour l'adorer comme un
ange! Et dire que c'est à mon enthousiasme pour les
arts que je dois de la connaître! Et dire que c'est à l'architecture orientale de Saint-Marc que je dois la grandeur et la beauté la plus idéale de mes rêves! O Titien!
si j'avais ton pinceau, en quels traits de feu ne la pein-
drais-je pas sur une toile ineffaçable! O Alighieri! si je
chantais comme toi, dans quelle poésie mélodieuse
j'embaumerais son nom! Mais je n'ai rien que mon
imagination d'artiste et de jeune homme, je n'ai rien
que l'élévation de mes sentiments pour parler d'elle.

et je suis impuissant à lui donner cette immortalité digne de son intelligence et de son cœur !

Mais, me diras-tu, comment as-tu fait pour la revoir? Comment as-tu pu lui parler? Comment as-tu pu arriver jusqu'à elle? Oh! mon Dieu! c'est le hasard: non, je me trompe, c'est la Providence qui a tout fait pour cela. Comment ai-je fait pour la revoir? Oh! le sais-je moi-même?

Je venais d'entrer dans une gondole pour attendre la nuit. La soirée était déjà avancée. Assis dans le fond de l'étroite embarcation, j'étais silencieux ou plutôt rêveur. On n'entendait que le frémissement du vent, le bruit de la mer qui se brisait sur l'avant de la gondole, et les chansons mélancoliques des gondoliers qui se mêlaient au murmure des flots. Je ne faisais nulle attention à ce qui se passait autour de moi, lorsqu'un bruit de voix féminines attira mon regard. Une jeune fille était allée s'asseoir à l'extrémité de la barque. Elle s'appuyait sur l'éperon de fer poli qui décore la proue des gondoles. Je n'eus pas plutôt tourné les yeux de son côté, que je fus prêt à jeter un cri que j'étouffai dans le fond de mon cœur. Représente-toi l'apparition d'une Vierge chrétienne, aussi chaste, aussi pure et aussi céleste qu'il soit donné à l'homme de la rêver. Imagine des traits d'une délicatesse et d'une perfection de lignes inouïe, un doux sourire, des yeux bleus comme la mer et comme le ciel, des cheveux blonds roulant en longs écheveaux d'un vernis éblouissant sur les deux joues; un visage d'ange, enfin.

C'était elle, c'était elle que j'aimais. Le feu de ses
regards s'éteignait à demi sous ses paupières épanouies
comme deux roses en fleur. Dans tous ses traits respirait l'expression d'une âme ardente, la mélancolie la plus
suave donnait de la poésie à ses moindres mouvements,
et les rayons du soleil se jouaient dans les longues tresses de ses cheveux. Au moment où je la contemplais,
absorbé dans une rêverie pleine d'extase, elle se tourna
vers moi, elle me reconnut, me salua de son doux sourire. — Signorina, murmurais-je bien bas, si bas qu'à
peine elle m'entendit, que je suis heureux de vous revoir !... — C'est le signore Napolitain, dit-elle à une de
ses compagnes. Puis, elle s'avança vers moi, et me
tendit la main. J'y collai mes lèvres brûlantes, et un
frisson de volupté agita, remua mes sens. — Voyez-
vous, signore, voyez-vous comme le ciel est beau à voir
de cette lagune ! Quel tableau digne d'admiration ! Il
doit vous frapper sans doute comme à moi ; car, reprit-
elle de sa voix sonore et pure, vous êtes artiste, et le
spectacle des grandeurs de la nature paraît bien au-
dessus des chefs-d'œuvre de l'art humain. Je balbutiai
un mot de réponse, pendant lequel la rougeur envahis-
sait mes joues. Je m'assis ensuite auprès d'elle sur son
invitation, et la gondole continua à avancer. La nuit
s'annonçait belle et claire ; la lagune était en feu. A
l'horizon, on n'apercevait que de grands lambeaux de
pourpre, d'opale et d'or qui se réfléchissaient du ciel
dans la mer, de la mer dans le ciel, et au milieu de cet
incendie du soleil couchant, Venise rayonnait et resplendissait comme une cité féerique et orientale.

— Signorina, dis-je bientôt à la jeune fille, vous avez
raison ; je ne connais pas de peintre qui puisse d'un
trait de pinceau reproduire un pareil spectacle ! Il faut
le génie créateur de Dieu pour enflammer ainsi l'imagination de l'homme.

Elle inclina la tête, comme si elle approuvait mes
paroles, puis elle reprit, en me regardant fixement :

— Vous avouerez cependant, signore, qu'un peintre
comme le Titien ou Véronèse ne serait pas déplacé dans
cette gondole, s'il voulait imiter sur sa toile les merveilleuses beautés de la création. — Sans doute, répondis-je; mais où sont les Titien et les Véronèse? Il
n'y a plus de ces grandes intelligences et de ces grands
cœurs sous le ciel de notre Italie. — Oh ! ne calomniez
pas tant notre époque, signore, s'écria-t-elle en riant
avec malice; je connais des peintres qui sont aussi parfaits et aussi dignes de louanges que ces modèles !...—
Oui, oui, m'écriai-je à mon tour, il y en a encore,
et j'en connais un qui s'est rendu célèbre; vous me
faites souvenir de lui; c'est mon meilleur ami ! —
Comment l'appelez-vous ? — Lorenzio de Naples.
— Vous voyez bien que vous êtes un ingrat, signore, puisque vous oubliez jusqu'à vos amis. Ne vous
rappelez-vous pas les fameuses toiles du Gladiateur,
d'Alexandre III et du lion de Saint-Marc? Toiles qui
ont valu au peintre Lorenzio une renommée européen-
ne? Je me rappellerai toujours, moi, les productions de
cet artiste; car j'aime son pinceau !... » Eù l'entendant

parler de toi avec tant d'enthousiasme, je restai stupéfait. Puis, je te l'avouerai à ma honte, un sentiment
de jalousie cruelle me serra le cœur. Je ne tardai pas
cependant à reconnaître en moi-même combien ce sentiment était injuste et déplacé. En effet, la jeune fille
n'avait-elle pas le droit de louer les œuvres d'un artiste
déjà célèbre? Ne pouvait-elle pas aimer les tableaux
de mon meilleur ami? — Vous avez donc vu les toiles
de Lorenzio, lui dis-je d'une voix émue? — Oh! oui, répondit-elle, et je n'ai rien vu de pareil dans les vieux
tableaux de nos grands maîtres! Que c'est riche d'expression! Que c'est brillant de forme! Quelle pureté
de pinceau! Certes, un tel peintre n'est pas à dédai-
gner, et depuis longtemps j'admire tout ce qui vient de
lui! — Combien vous me faites plaisir, lui dis-je, de
parler ainsi de mon meilleur ami, de celui que j'aime
le plus au monde, et que Lorenzio serait heureux de
vous écouter!...» Elle inclina sa belle tête, et je vis une
larme briller dans ses yeux. Je ne sus d'abord à quoi
attribuer cette émotion fugitive. Mais elle me dit en
baissant la voix: — Que de beaux souvenirs vous réveil-
lez en moi, en me parlant toujours de Naples!...» Elle
changea de conversation. Nous parlâmes de la grandeur
primitive de Venise. Cependant la gondole avançait.
Nous touchions presque aux arches de marbre des palais. Il fallait nous quitter. Aucun dernier rayon de soleil ne brillait plus sur l'azur du ciel diamanté d'étoiles
et sur la nappe argentée qui dessinait le liquide contour de la lagune. Encore quelques coups de rames des
gondoliers, et c'en était fait. — Signore, me dit la

jeune fille avec une voix qui tremblait un peu, et avec
un timbre si pur et si perlé, que je croyais en l'écoutant entendre une musique aérienne, je m'appelle Léonia, je suis fille de don Garcy, un noble de Venise. J'ai
été élevée bien jeune dans le culte des arts, et, comme
à vous, tout ce qui est beau et tout ce qui est grand en-
flamme mon cœur, porté toujours aux contemplations,
aux rêveries poétiques. — Nous sommes faits pour nous
entendre, continua-t-elle, soyons amis. Soyons amis,
ajouta-t-elle en s'approchant vivement de moi comme si
elle eût été ma sœur, et en me prenant la main dans ses
belles mains tremblantes. J'eus comme un éblouissement dans les yeux. Je sentis ses cheveux effleurer mon
visage. Je souris, je m'inclinai, je balbutiai quelques mots
de bonheur, de dévouement, d'amitié pour elle ; et
mon cœur, prêt à bondir d'amour, battit avec violence
dans ma poitrine en feu. — Mais comment vous appelez-vous, me demanda-t-elle, comme si elle eût pris
plaisir à me faire dire mon nom. — Je m'appelle Asraël, répondis-je avec un accent de joie. — Eh bien!
signore, soyons amis! Et d'abord, reprit-elle en s'interrompant, comme si elle eût commis une étourderie,
folle que je suis! dit-elle, ne puis-je pas vous appeler
simplement Asraël, et ne pouvez-vous pas m'appeler
Léonia, comme si vous étiez mon frère et comme si j'é-
tais votre sœur?...—Vous ma sœur!...vous...» Ne pou-
vant continuer, je la regardai avec mille larmes de reconnaissance et d'amour dans les yeux. — Adieu, Asraël, me dit-elle en sortant de la gondole, au revoir!...
— Adieu... Adieu... signorina... Adieu, Léonia, mur-

murais-je en posant une main sur ma poitrine pour comprimer les battements de mon cœur. La belle et jeune Vénitienne disparut, et je me trouvais seul au bord de la lagune.

Léonia... Léonia... disais-je encore... où êtes-vous? Et je m'appuyais sous l'arche d'un pont, aux colonnes de marbre, pour ne pas avoir le vertige... Léonia!... et mes yeux se tournaient encore vers la gondole qu'elle venait de quitter, et des sons entrecoupés s'échappaient de mes lèvres, et il me semblait que j'allais succomber sous le poids du bonheur qui m'oppressait. Enfin, je rassemblais mes idées, et je pus me retracer cette scène rapide. O mon Dieu! m'écriais-je alors, soyez béni, car elle m'aime, car la femme qu'il est impossible d'entrevoir dans les plus radieuses visions respire près de moi, et se prépare à me rendre heureux. En effet, Lorenzio, dis-moi, toi qui es mon ami : y a-t-il pour un mortel une plus grande félicité sur la terre qu'un pareil amour? Y a-t-il pour un cœur ardent une auréole plus lumineuse et plus idéale? Aimé de Léonia, je retrouve le repos de ma vie passée et l'espoir de mon avenir. Toutes les pensées de mon cœur, elle les emporte avec elle. Toutes! entends-tu bien? Si j'ai cru quelquefois que la grandeur d'une passion aussi sublime n'était point connue de l'homme, c'est que le vide de mon cœur m'abusait. Si j'ai fait entendre des paroles de désespoir, si j'ai dédaigné l'amour, c'est que mon regard n'avait jamais vu, c'est que mon imagination n'avait jamais rêvé un être plus digne de répandre dans l'âme toutes les

flammes et tous les éblouissements d'une pareille passion.

Mais, elle vivante! tout sourit pour moi. Je trouve
plus de beauté dans le ciel, dans la nature et dans les
arts. Je comprends l'amour, je comprends la félicité,
et mon cœur éperdu s'élève vers l'infini pour louer le
Créateur. Elle vivante! mon âme n'a plus ces accable-
ments et ces tristesses sans cause qui la tourmentaient
autrefois; mais tout en elle est enthousiasme, poésie et
amour. Tout en elle est extase, harmonie et espoir!
Elle vivante! je ne suis plus un pauvre artiste dédaigné
du monde, un cœur refoulé vers soi-même. Je suis un
être compris et soutenu par une Vierge noble, passionnée et intelligente. Je grandis alors. Je jette un regard
de pitié sur ces hommes grossiers et vulgaires qui ne
comprennent pas les impressions idéales et les élévations profondes du cœur! Je vis dans la joie, dans la
volupté, je vis en aimant! Mais quoi! n'est-ce point un
songe? Est-il bien vrai que Léonia préfère l'amour du
triste Asraël à tout autre? Est-il bien vrai que cet ange
de beauté et de candeur consent à unir sa vie à la
mienne? Pourquoi pas? Ne m'a-t-elle pas appelé son
frère? Ne l'ai-je point nommée ma sœur? O Lorenzio,
tu ne sais pas, non tu ne sais pas combien j'ai peine encore à croire à tant de félicité! Tu ne sais pas combien
mon cœur, en s'exaltant devant ce délicieux tableau, a
peur encore de se heurter à une illusion nouvelle!...

VIII.

UNE INTRIGUE ITALIENNE.

VIII.

UNE INTRIGUE ITALIENNE.

La signora Perdilla, assise sur des coussins, dans un appartement du palais de don Garcy, se laissait aller à une rêverie dont on ne l'aurait point soupçonnée capable. De profonds soupirs s'échappaient de son sein. On la voyait parfois trembler de tout le corps, comme si elle eût eu des frissons de fièvre. Elle reposait, la tête appuyée sur son coude, et enveloppée d'un manteau de velours noir. Son visage, quoique d'une beauté admirable et parfaite, conservait l'empreinte d'une mélancolie non encore disparue, mais qui laissait une trace visible sur tous ses traits. Son nez modelé comme par le ciseau du statuaire, ses yeux noirs largement fendus sous les arcades des sourcils, ses lèvres aux plis gracieux et ironiques, son front large et éclatant, les boucles de ses cheveux noirs, toujours si soyeuses, sortant à grandes ondes d'une résille brune, et enroulées sur le creux de ses tempes ; un air languissant et maladif dans l'éclair du regard, dans la langueur des poses et dans ses gestes ; tout l'ensemble de sa physionomie faisait ressembler Perdilla à une statue de marbre antique, oubliée au coin de quelque vieux débris. En ce moment, la porte de l'appartement s'ouvrit tout-à-coup, et don Garcy s'avança les bras tendus vers la jeune femme.

— Perdilla !

— Don Garcy !

— Eh bien ! belle signora, comment nous portons-nous ? Vous semblez un peu souffrante. Seriez-vous indisposée ?

— Moi ! fit Perdilla.

— Sans doute : vous êtes triste.

— Je vous assure que vous vous trompez.

— Jamais je ne vous ai vue si abattue.

— Abattue ! moi ! Et où donc prenez-vous de ces idées-là, s'écria la belle Italienne avec un commencement d'humeur.

— Allons, ne nous fâchons pas. Je me suis trompé sans doute Que j'ai du plaisir à vous revoir ! Vous savez que j'ai bientôt cessé de porter le deuil de ma première femme.

— Je l'ignorais.

— Oui. Nous pouvons maintenant sans crainte pres· ser notre mariage. J'ai commandé déjà pour vous un magnifique cadeau de noces. Je veux que la cérémonie de notre union se fasse aussi dignement, avec pompe. Quel beau jour pour moi que celui où il me sera donné d'être votre époux ! Ce sera le plus beau rêve de ma vie changé en réalité, ce sera un choix digne des élus, comme disent les poètes. Il est vrai que j'ai tout fait pour arriver à ce bonheur ; il est vrai que je vous aime de toute les forces de mon âme. Ainsi préparez-vous, ma chère Perdilla, à devenir le plus tôt possible mon épouse bien-aimée.

— Vous êtes bien pressé, dit la jeune femme d'un ton sec, et en retombant aussitôt dans sa rêverie.

Don Garcy fit semblant de n'avoir pas entendu, et vint s'asseoir sur un coussin, à côté de Perdilla.

— Je vous annonce aussi, reprit-il, quelques achats qui vous feront plaisir. J'ai fait venir de Florence des robes de soie qui vous iront à merveille. Elles ont été faites par les meilleures ouvrières qu'il y ait en Italie.

8.

Je désire vous en voir porter une, le jour où le prêtre
nous unira à l'autel. J'ai à vous parler ensuite de quelques œuvres d'art, dignes de figurer à côté des meilleurs dessins que l'on possède à Venise. Ce sont des
toiles du peintre Lorenzio, un jeune homme plein de
talent et d'avenir. Ces toiles m'ont été vendues assez
cher, il est vrai, mais je ne veux rien négliger de ce
qui peut vous faire plaisir. N'êtes-vous point curieuse
de les voir ?

— Je les verrai plus tard, répondit Perdilla d'un air
distrait.

Don Garcy se rapprocha de la belle Italienne, et lui
prit la main. Il chercha même à l'embrasser ; mais elle
lui fit observer avec aigreur qu'elle n'aimait à tolérer
encore aucune de ces libertés.

— Vous êtes d'une humeur bien maussade ce soir,
signora. Voulez-vous faire un tour de promenade ? L'air
de la nuit vous distraira.

— Merci, je n'ai besoin de rien.

Elle ajouta :

— Sept heures ont-elles sonné ?

— Il manque quelques minutes encore.

— Bon. J'ai le temps, fit-elle tout bas. Et elle inclina sa tête dans ses mains, comme pour réfléchir.

Don Garcy parut inquiet de ce silence.

— Perdilla, dit-il en essayant d'étouffer un soupir, vous savez que ma fille part demain pour Naples. Les préparatifs de son voyage sont déjà faits.

— Ah! elle part! s'écria la belle Italienne, en sortant tout-à-coup de sa rêverie, et fixant sur son futur époux ses grands yeux noirs remplis de flamme. Elle part!

— Pauvre enfant! Elle pleurait en me faisant ses adieux! Si jeune et si belle, repoussée de son père! qu'elle doit souffrir intérieurement!

Don Garcy porta la main à ses yeux.

— Oui, oui, plaignez-la, fit la jeune femme, les dents serrées, et avec un accent plein de colère; elle mérite des larmes, allez... Elle est si malheureuse, si infortunée!

— Pardonnez-moi cette faiblesse, Perdilla. Je suis son père, et l'on regrette toujours ses enfants. Heureusement, reprit-il avec un élan de tendresse, en abandonnant ma fille, je me rends agréable à la femme que j'aime. N'est-ce pas, belle signora?

— C'est possible, Monsieur... Fort possible... mais
nous parlerons de cela un autre jour... Sept heures
vont sonner, disiez-vous ? Il faut que je vous quitte !

Perdilla se leva froidement de ses coussins.

Don Garcy à son tour était là debout, pâle et glacé,
regardant la jeune femme avec un geste de mortelle
stupeur.

— Mais qu'avez-vous donc ce soir, signora ? J'arrive
ici, le sourire aux lèvres, et vous me recevez avec indifférence, en daignant à peine me regarder. Je vous
annonce que vos moindres caprices sont exaucés, que
ma fille s'éloigne de ces lieux, que moi, son père, je la
repousse pour vous, et, à ma grande surprise, vous ne
me remerciez nullement de ce sacrifice fait à votre
amour. Que désirez-vous encore ? Que faut-il que je
fasse pour vous plaire ? Y a-t-il encore quelque sujet de
haine ou de crainte pour vous ? Parlez. Je vous écoute.
Je suis prêt à tout entreprendre pour vous satisfaire.
Mais au moins quittez cet air rêveur que vous gardez
près de moi, daignez me sourire : n'allez-vous pas bientôt être ma femme ? Ne savez-vous pas combien je vous
aime ? Combien j'attends avec impatience ce moment
qui doit m'unir à vous, pour toujours ? Toi si triste,
quand près de toi je me trouve si heureux, quand un de
tes regards ferait bondir mon cœur d'amour ? Reprends
ta joie. Daigne avoir pitié de l'égarement où tu me
plonges. N'ai-je pas naguère rendu ma femme mal-

heureuse à cause de toi? Ne viens-je pas de dire que
ma fille, par ton ordre, va quitter ce palais? Oh! oui,
pitié, signora. Quand vous me regardez ainsi avec cette
fierté de reine outragée, avec ce dédain qui vous rend
encore si belle à mes yeux, ne voyez-vous donc pas
comme mon visage pâlit, comme mon cœur palpite, ne
comprenez-vous donc pas ce que je souffre?

— Que voulez-vous que je comprenne? Vous vous
plaignez toujours, dit Perdilla, en haussant les épaules.

— C'est vrai, madame, vous avez le droit de ne rien
voir.

La jeune femme frissonna aux accents de cette voix
qui alla éveiller jusqu'aux fibres les plus secrètes de son
cœur: ses yeux rencontrèrent ceux de don Garcy et furent un moment prêts à s'attendrir; mais cette émotion
rapide ne fut qu'un éclair.

— Vous avez le droit de ne rien voir, reprit don
Garcy, en s'animant de nouveau, les blessures de mon
cœur ne vous ont jamais fait impression. Que suis-je
pour vous? Un esclave qui, lorsqu'il souffre, n'a nullement le droit de se plaindre? Et pourtant, ajouta-t-il
avec un accent de prière, en joignant les mains, pourtant j'ai passé par tous les chemins pour arriver jusqu'à vous. Les nuits sans sommeil, les larmes, les dés-
espoirs, les désirs brûlants, les inquiétudes poignan-
tes qui font frémir l'âme, l'oubli de tous les devoirs,

j'ai tout connu et j'ai tout fait pour que vous m'aimiez. J'ai laissé dans ces combats de la passion toute la loyauté de mon âme; j'y ai laissé l'énergie de ma conscience; je suis devenu injuste et cruel pour les miens. Vains sacrifices! Pouvez-vous reconnaître rien de cela? Vous, douée d'un cœur d'acier, d'un cœur insensible?

— Vous croyez? s'écria Perdilla avec un son de voix étrange, et les yeux illuminés d'éclairs, vous croyez cela? Vous croyez que j'ai un cœur insensible?

— Mais, madame, le moyen d'en douter lorsque vous m'accueillez ainsi? Ai-je reçu une seule preuve de votre affection? M'avez-vous jamais dit un de ces mots d'amour que j'envie, qui me rendraient si heureux? Au contraire. C'est en riant avec cruauté de ma passion, c'est en repoussant mes caresses, que vous m'avez prouvé vos sentiments à mon égard. Quelle est la femme qui, comme vous, se ferait un jeu des impressions les plus profondes du cœur? Quelle est l'amante qui, à plusieurs reprises, lèverait un poignard, une lame meurtrière sur son fiancé, comme vous l'avez fait dans tant de circonstances? Voyons, Perdilla. Dites-le moi franchement, est-ce ainsi que vous voulez me dévoiler votre amour? Est-ce en étant avec moi ingrate et injuste que vous voulez toucher les fibres de mon cœur? Je ne comprends pas une pareille passion.

— En effet, dit la jeune Italienne, en levant les yeux au ciel, comme pour prendre Dieu à témoin de ce

qu'elle allait dire à son futur époux : ce n'est pas ainsi
qu'une femme comme moi prouve à celui qu'elle aime
combien elle a d'amour et de tendresse pour lui ! C'est
en le faisant le confident de ses peines ou de ses joies,
c'est en lui ouvrant ses bras, avec délices, en l'appelant
son frère et son bien-aimé, qu'elle s'unit à lui par les
liens du cœur avant qu'elle le soit par tant d'autres
liens ! Une femme qui aime comme moi, mais c'est une
esclave attentive à plaire à l'être privilégié qui a char-
mé son cœur, qui a ébloui ses yeux, qui a enchaîné sa
volonté. C'est une sœur, mieux que cela, c'est un ange
gardien veillant sur lui, tâchant de lui faire une vie
enivrante, et trouvant un plaisir enchanteur à le presser sur son sein ! Trouvant une joie délicieuse à l'enlacer de ses bras ! Une extase céleste à respirer le même
air que lui, à vivre sous le même ciel, à voir le même
soleil se lever sur sa tête ! Son amour, mais c'est un
rêve, une poésie idéale ; car son âme, creusée par la
passion, est un gouffre que la passion seule peut remplir.

— Vous avouez donc, s'écria don Garcy, le sein
palpitant, le visage en feu, vous avouez, Perdilla, que
vous avez été injuste à mon égard.

— Une femme qui aime comme moi, reprit la fière
Italienne, en joignant les mains et en laissant briller
une larme dans ses yeux, mais c'est un cœur brûlé par
une flamme du ciel ! Quelle jouissance pour elle de se
trouver auprès de son fiancé ! Comme elle lui sourit

avec tendresse! Comme elle l'illumine du feu rayonnant
de ses regards! Une femme qui aime comme moi! Crois-
tu donc, don Garcy, qu'elle puisse se rire des troubles
et des orages sublimes de la passion, regarder d'un œil
froid celui pour qui elle donnerait tout son sang, toute
sa vie; lever un poignard sur le sein où elle aime à
reposer sa tête, où elle se plaît à s'endormir dans l'espérance, dans l'amour? Crois-tu qu'elle réponde avec
dédain à des paroles dont son âme est émue, dont son
cœur se trouble, dont tous ses sens frémissent? Don
Garcy! c'est avec une voix qui tremble, avec une voix
pleine d'émotion et de bonheur, qu'elle dépeint sa
passion, passion magique et profonde que le temps ne
saurait refroidir, que le malheur ne saurait atteindre,
passion que le ciel seul peut donner pour récompense à
ses élus!...

— Mon Dieu! mon Dieu! pourquoi ne m'aimiez-
vous pas ainsi, s'écria don Garcy, le front pâle, brûlant, et les yeux éteints.

— T'aimer ainsi? Eh! qui t'a dit que je t'aime?...

Perdilla croisa les bras sur sa poitrine, et regarda
don Garcy avec un sourire dédaigneux.

— Tu ne m'aimes pas! Tu me dis cela, toi, murmura ce dernier, d'un air égaré; non, ce n'est pas possible! Je t'ai mal comprise. Ou bien, je deviens fou.
Perdilla, pitié! presse-moi contre ton sein, ma raison

m'échappe, rassure-moi contre les fantômes de mon
imagination! Tu ne réponds rien. Tu ne me dis pas
que je me suis trompé?... Grâce... ce coup me tue-
rait... Grâce... j'ai abandonné ma fille... Léonia part
demain, te dis-je... Je l'ai abandonnée pour toi!...

Don Garcy allait continuer. Mais en ce moment un
éclair, suivi du bruit de la foudre, éclaira l'appartement
d'une lumière rapide et sinistre.

— Encore ce nom, s'écria la jeune signora, avec une
colère jusqu'alors contenue. Encore ce nom! Oh!
parle-moi de ta fille. Tu ne sais donc pas combien j'ai
pour elle de haine et de mépris? Ta fille! Qu'elle tremble, reprit-elle, avec le rugissement d'une lionne. Tu
ne la connais pas bien. Je veux te la faire connaître,
moi. Écoute. Il y a quelques jours, je vis à Venise un
jeune homme pour qui je ressentis soudain une passion
violente, un amour sans égal. Je lui parle, je l'attendris par mes discours, je vois ses yeux se tourner
avec joie sur les miens. Je vois ses lèvres me sourire.
Que fait ta fille? Elle m'arrache le cœur de ce jeune
homme. Elle me ravit l'affection de cet étranger. Et
pourtant je l'aime, oui, je l'aime, reprit Perdilla, en
levant au ciel ses yeux resplendissants de flamme. Je
l'aime, entends-tu, ajouta-t-elle en s'avançant vers don
Garcy avec un air de menace...

— Vous en aimez un autre, dit ce dernier en recu-
lant stupéfait... Ai-je bien entendu? Suis-je le jouet
d'une illusion terrible? Vous en aimez un autre? Quoi!

vous osez me déclarer cela? Vous ne craignez pas ma
fureur, ma vengeance, vous ne craignez pas que je dé-
chire le sein de ce rival, et que, tout sanglant, je
traîne son corps à vos pieds? Perdilla, pitié! pitié!
Vous ne voyez pas que je deviens fou! L'ai-je bien entendu! tu penses à un autre, et tu refuses d'unir ton
sort au mien! Je quitte tout pour toi, et tu refuses de
partager ma destinée! Je nourris dans mon cœur, depuis tant d'années, et mon amour et mes projets!... En
voilà la récompense... Oh! madame, ne croyez pas que
je veuille encore m'abaisser à mendier une main que
votre cœur me refuse après un pareil aveu; vous êtes
fière, mais je le suis aussi. Les sacrifices que je vous
faisais et dont vous n'ignorez pas l'étendue, auraient dû
vous toucher davantage. J'avais droit d'attendre une
autre récompense... Mais je ne veux rien entendre, je
rougis de mon égarement pour une femme... Que dis-
je? Où mon désespoir m'entraîne? Mon cœur dément
mes paroles. Vous le savez. Oh! vous me voyez à vos
pieds, pâle, triste, le cœur brisé! Ne me dites plus de
ces choses-là, à moi qui vous aime comme un homme
n'a jamais aimé, à moi qui vous sacrifie mon honneur,
ma famille, mes richesses. Reprends plutôt ta froideur
et ton indifférence, Perdilla; accable-moi de ton dédain, traite-moi comme un de tes jouets, ris de cet
homme qui ne pense qu'à ton amour, qui a oublié tous
ses devoirs pour te plaire! Mais ne me dis pas, non, ne
me dis pas : J'en aime un autre!

Don Garcy, le front incliné, les mains jointes et les

yeux levés vers la signora, rampait à ses pieds comme
un condamné qui implore sa grâce. Il baisait le bas de
sa robe, il embrassait ses genoux, il cherchait à l'attendrir par ses gémissements. Perdilla, le regardait faire
sans émotion, sa pensée était ailleurs, on voyait son
sein battre avec force sous son léger corset de soie
noire.

— Je l'aime, don Garcy, je l'aime, te dis-je! Comprends-
tu combien ce mot est doux au cœur d'une Italienne?
L'amour que j'ai pour lui! O Ciel! peut-il se décrire?
Ce n'est pas un enthousiasme brûlant, une admiration
naïve, non, c'est un délire insensé, enivrant, idéal. C'est
une vraie passion épanouie au soleil. Quel bonheur j'é-
prouve à parler de lui! Combien je suis émue en pro-
nonçant son nom! Dans quel ravissement me plonge son
image...

Perdilla parlait, les bras croisés voluptueusement autour de son sein, les cheveux éparpillés autour de son
front. Un éclair plus vif, un éclat de tonnerre plus re-
tentissant, ébranla les murs du palais, et continua à
rouler avec un bruit sourd dans les profondeurs du
ciel.

— Oh! malheur a ta fille! Malheur à toi, reprit-
elle, en s'abandonnant de nouveau à toute sa colère.
Malheur! Entends-tu ce bruit de la tempête? Eh bien!
l'orage qui gronde cette nuit est moins terrible que le
sera ma vengeance en éclatant. Oui, j'aime! j'aime! Et

c'est la fille qui veut arrêter les élans de cet amour!
C'est elle qui veut s'opposer à mon bonheur! Qu'elle
tremble, entends-tu bien! Oh! sache-le. C'est en vain
qu'elle croira me fuir, don Garcy, elle me trouvera partout sur sa trace. Mes fureurs troubleront son sommeil.
J'ensanglanterais son cœur; elle verra mes yeux luire
dans la nuit à son chevet comme les yeux d'une tigresse. Toi-même tu deviendras ma victime, car tu es
son père... Je l'aime don Garcy, je l'aime, à cet étranger!...

Perdilla ne put continuer. Sa douleur était profonde,
presque égarée.

— Oh! grâce! s'écria don Garcy, interdit, anéanti,
éperdu. Grâce pour elle! Grâce pour moi!

La jeune femme se recueillit un instant. Puis, se re-
dressant de toute sa hauteur :

— Malheur sur toi! Malheur sur elle! s'écria-t-elle,
en sortant de l'appartement.

Le bruit de la foudre répondit à sa voix, la lueur des
éclairs éclaira sa sortie. Don Garcy se laissa tomber sur
ses coussins, tout frémissant de désespoir et de rage.

A peine sortie de l'appartement du noble Vénitien,
Perdilla s'arrêta dans l'antichambre comme pour reprendre haleine. Les yeux de l'Italienne s'allumaient

d'un feu sombre et farouche. Ses traits, empreints
d'une expression de haine et d'angoisse, ressemblaient
à ces masques de marbre, sur lesquels le ciseau de
l'artiste attache les convulsions de la souffrance et du
martyre. On eût dit une déesse antique, marchant en-
tourée du désespoir. Elle tressaillit tout-à-coup. Elle
se trouvait en face de la chambre de Léonia. Faisant
briller à la lueur des éclairs un poignard qu'elle tenait
caché dans son sein, elle avança vers cette chambre, et
en ouvrit brusquement la porte. Un tableau exposé sur
une chaise, et nouvellement peint, si l'on pouvait en
juger par la fraîcheur du coloris et l'éclat des couleurs,
attira soudain son attention. Elle s'arrêta pour le consi-
dérer : Ce n'est pas lui, murmura-t-elle tout bas. Elle
lut un nom au bas de la toile, et l'on vit son visage s'é-
claircir et la sérénité reparaître sur son front. Ah ! Ah!
s'écria-t-elle, mais j'étais folle. Elle en aime un autre...
Elle sortit de la chambre, en silence, en étouffant le
bruit de ses pas.

Au même instant, un coup retentit sur le timbre d'un
horloge du palais.

— Déjà ! murmura-t-elle. Sept heures et demie.....
Pourvu qu'il en soit temps encore.

Elle arriva aux dernières marches des escaliers, et
sortant un masque de sa poche, elle s'en enveloppa le
visage.

La nuit était obscure et ténébreuse. On n'entendait que le frémissement du vent, le bruit de la mer dont les vagues gémissaient sur la grève, et le ciel, tout habillé de nuages livides, laissait tomber parfois des torrents de pluie sillonnés par les lueurs blafardes des éclairs.

— Mauvais temps, dit Perdilla, en s'enveloppant soigneusement de son manteau de velours noir.

— Mauvais temps, murmura à côté d'elle un jeune homme aux habits tout mouillés, aux cheveux collés sur les tempes, mais qui, malgré ce tableau de la tempête, s'obstinait fermement à regarder avec curiosité les fenêtres du palais de don Garcy.

— C'est lui, j'étais sûre de le trouver, dit la jeune Italienne. Eh ! bonsoir signore Asraël, ajouta-t-elle, en élevant la voix, et se rapprochant du nouveau venu.

— Qui êtes-vous donc, signora, pour me nommer par mon nom ? répondit le jeune homme avec surprise.

— Qui, je suis ? Je vous le dirai plus tard. En attendant, recevez un bon avis : il ne fait pas bon soupirer sous les fenêtres d'une femme qui nous est infidèle ...

— Vous dites ? s'écria Asraël.

— Je dis, mon cher signore, que vous faites de la

galanterie en pure perte, croyez-le bien ; et il serait
plus sage à vous d'aller au théâtre de la Fenice écouter
la musique de nos grands maestros. La belle Léonia
qu'en ce moment vous adorez est en train de faire les
yeux doux à un autre. Vous ne connaissez pas les Vénitiennes, Monsieur? Quand on croit les avoir prises
dans ses filets, elles vous échappent comme des oi-
seaux. N'en doutez pas...

— Des preuves, s'écria Asraël, il me faut des preuves !

Absorbé dans une indignation intérieure, les yeux
voilés, le corps frémissant comme sous une influence
magnétique, suspendu entre la réalité et le rêve, le
jeune homme était semblable à l'Othello Africain qui,
au moment de frapper son amante, cherche à douter
encore de sa faute. Il regarda d'un air de menace les
fenêtres et les balcons du palais, puis, faisant un pas
vers la signora :

— Des preuves! répéta-t-il d'une voix sourde.

— Je suis prête à vous en donner. Mais pas ce soir.
C'est impossible. Vous êtes trop animé. Mais demain
soir, au bord de la lagune, c'est différent. Venez. Ne
manquez pas. Je compte sur vous, ajouta Perdilla avec
une certaine émotion.

— A quelle heure? demanda froidement Asraël.

— A minuit, répondit l'Italienne, en étouffant un éclat de rire.

— A minuit, soit, répliqua le jeune homme, regardant la signora de travers.

Il ajouta, au moment de s'éloigner :

— Vous viendrez sans masque, je pense?

— Comme vous voudrez, signore.

— Oh! oui, je tiens à voir en face celle qui me met l'Enfer dans le cœur... Oui... l'Enfer...

Asraël s'éloigna avec une agitation extraordinaire.

— Dites donc, lui cria Perdilla, ne croyez pas que mon visage puisse vous faire peur, au moins. Je n'ai ni rides au front, ni cheveux blancs sur la tête. Je suis jeune et belle.

— A minuit, répéta Asraël dans l'enfoncement.

Trois violents coups de tonnerre se succédant avec une rapidité inouïe et lugubre, répondirent à cet appel.

La signora Perdilla ôta son masque, l'on vit ses cheveux se dénouer, flotter sur ses épaules, et grandissant à la lumière des éclairs comme un fantôme de nuit, elle murmura, les yeux fixés sur la chambre de Léonia :

— Je puis espérer : elle ne l'aimait pas !

IX.

LE PEINTRE LORENZIO.

IX.

LE PEINTRE LORENZIO.

Avec le réveil du jour, reparut le lendemain un ciel
sans nuages. Les jolies vagues bleues de l'Adriatique,
verticalement éclairées par les rayons du soleil levant,
se renvoyaient, comme autant de miroirs, des millions
d'étincelles, et formaient une illumination éblouissante
autour de la lagune. On voyait s'ouvrir les fenêtres des
palais, et les jeunes signoras en déshabillé coquet, venaient respirer l'air du matin sur les balcons de leur
demeure! Que de femmes élégantes occupées à regarder le lever du soleil! Que de cavaliers obligeants s'amu-
sant à leur tenir compagnie! Décidément la journée
s'annonçait belle et claire, et il n'aurait fallu avoir aucune sorte d'enthousiasme poétique, d'admiration pour

les grandes scènes de la nature, pour ne pas se sentir
à l'aise devant un pareil tableau! Vus du milieu de la
lagune, les monuments de Venise apparaissaient, dans
les clartés du lointain, plus grandioses et plus gracieux.
Le dôme des palais, le faîte des églises, l'ancienne
résidence des doges, tous ces chefs-d'œuvre de l'architecture orientale, faisaient un effet saisissant, magique,
pittoresque, digne du pinceau d'un grand peintre.
Nous ne voulons à aucun prix faire, dans cet ouvrage,
des descriptions que tout le monde connait, pour les
avoir lues dans des poëmes ou dans des romans. Il
nous suffira de dire que le ciel vénitien, avec les
rayons de son beau soleil, était plus que jamais alors
tel que le rêvent les poètes, lorsque leur imagination
les transporte au milieu des riantes contrées de l'I-
talie.

Deux personnages, assis au balcon d'une chambre,
s'entretenaient paisiblement, les yeux fixés sur la lagune, pour ne rien perdre du magnifique panorama
qui se déroulait à leurs regards. L'un était un tout
jeune homme, âgé au plus d'une dix-huitaine d'années, au teint brun, aux cheveux noirs, aux yeux étin-
celants et vifs. Frêle de corps et maigre de visage, il
avait un aspect timide, craintif même, parfaitement
en harmonie avec sa faiblesse. Le second de ces personnages paraissait un homme fort élégant, avec une
certaine recherche dans son négligé. Il avait de beaux
cheveux blonds, légèrement ondés, le regard doux et
fier à la fois, une barbe élégante; il était enfin ce qu'on

appelle un bel homme, avec une grande mélancolie dans l'œil et une grande douceur dans le sourire.

— Signore Lorenzio, lui dit le jeune homme, il est donc vrai qu'à peine arrivé à Venise, vous voulez retourner à Naples?

— Oui, mon cher Fiorvante. Vous savez que je ne viens ici que pour montrer un de mes tableaux au signore don Garcy, qui m'a fait appeler. J'ai besoin ensuite de retourner à mon atelier, où de nombreuses commandes m'attendent. Je n'ai pas un moment à moi.

Le peintre soupira profondément.

—Mais vous ne quitterez point Venise, reprit Fiorvante, sans visiter au moins ses monuments.

— Je ne sais. J'ai tant d'affaires. A propos, mon ami, avez-vous copié ce paysage que je vous ai remis, il y a trois jours?

— Il est terminé. Je l'ai mis dans ma chambre, répondit le jeune homme.

— En ce cas, faites-le moi voir. Vous êtes mon élève, Fiorvante, et vous savez combien je m'intéresse à tout ce que vous faites. Je ne voudrais pour rien au monde perdre de vue aucune de vos études. Bien loin de

là. Je suis si heureux lorsque vous faites un nouveau
progrès...

Le jeune homme courut chercher le tableau, qu'il mit
dans les mains du peintre.

Lorenzio l'examina avec une attention sérieuse. C'é-
tait une œuvre de fantaisie. Un paysage représentant
un gazon d'un vert d'émeraude coupé par de larges
bandes de fleurs des couleurs les plus vivaces et les
plus éclatantes; de jeunes arbres au tronc élancé,
aux branches touffues, aux fruits d'or et de pourpre en-
touraient ce gazon. Plus loin, on distinguait, à travers
mille feuillages le bleu éclatant du ciel, et les rayons
naissants du soleil tombant comme une pluie fine de
diamants sur les eaux d'un fleuve. On voit d'après
cet aperçu, que l'auteur de ce paysage, reproduit par
Fiorvante, avait fait un tableau vraiment pittoresque,
digne des plus hardis pinceaux.

— C'est bien. Je suis content, dit le peintre, après
un moment de méditation. Il y a bien quelque chose
à dire, sous le rapport des lignes. Mais cela peut se
corriger.

En parlant ainsi, il sourit avec tendresse à son
élève.

— Signore Lorenzio, dit Fiorvante, j'ai à vous montrer aussi un dessin copié sur une œuvre de Raphaël.

C'est une Vierge. Je me suis gardé de vous en parler, parce que vous n'aimez pas que je reproduise des visages de femme... Cependant, balbutia-t-il, je voudrais savoir... si ce dessin...

— Allez le chercher Fiorvante.

Le jeune homme disparut, puis revint un moment après en tenant son œuvre sous le bras. C'était un dessin fait avec goût, mais auquel on pouvait reprocher une nudité trop libre. Comme l'avait dit le jeune homme, il représentait une femme jeune et belle. Rien de plus voluptueux, de plus gracieux et de plus émouvant. On eût dit une de ces prêtresses de la luxure antique peintes par des artistes païens.

— Je suis content encore de cette production, dit Lorenzio en jetant à la dérobée un coup-d'œil à son élève. Cependant, je préfère vos essais sur le paysage que vous m'avez montré. Il y a plus de pureté, et les couleurs sont plus brillantes.

— Le paysage est difficile, commença à observer Fiorvante. — Et d'ailleurs, ajouta-t-il en souriant, celui que j'ai dessiné est une œuvre de fantaisie.

— Sans doute. Mais j'en ai un dans mes cartons qui pourra vous plaire. Je vais vous le faire voir.

Le peintre se leva, et revint avec une toile sur la-

quelle les yeux de Fiorvante se fixèrent avec curiosité.
Elle reproduisait une scène pittoresque des campagnes
de Naples, pendant le coucher du soleil. C'était merveilleux et frappant de vérité. On apercevait d'un côté
cette capitale italienne, étalant ses palais, ses dômes,
ses fontaines, ses groupes de maisons; leurs masses
blanches, régulièrement accidentées, descendaient éche-
lonnées vers la plaine où ont été englouties les villes
souterraines de Pompéïa et de Herculanum. D'un autre
côté se déroulait un vaste horizon avec sa couronne de
montagnes, et, des plus fécondes et vertes vallées, sor-
taient les mille villas de puissants et nobles seigneurs,
dont les murailles de marbre blanc brillaient comme
les perles sur un fond d'émérandes. Mais ce qu'il y avait
encore de plus admirable sur ce tableau, c'était l'aspect du Vésuve. On eût dit que ce volcan lançait des
flammes, tant il était peint avec des couleurs vives,
variées, lumineuses. Fiorvante jeta un cri d'admiration
et, posant avec timidité son bras sur l'épaule du peintre : Oh! que c'est beau! murmura-t-il avec un naïf
enthousiasme d'enfant.

— Oh! oui, dit le peintre, c'est beau!

— Quel éclat de couleurs! reprit le jeune homme.

— C'est un chef-d'œuvre, ajouta Lorenzio. C'est un
chef-d'œuvre. La nature ne saurait être ni mieux reproduite ni mieux comprise. L'art le plus éloquent ne
saurait aller plus loin. Voyez Fiorvante, comme le soleil

est bien représenté sur cette toile. Voyez comme ses
éclairs de lumière sont beaux dans l'azur de ce
ciel! N'est-ce pas là une scène ravissante, poétique
même? Quelle richesse d'images! Quelle peinture féc-
rique! Voyez-vous bien ici la petite île d'Ischia qui,
sous de riants ombrages, se plaît à dérouler ses ondes
bleues qu'on dirait vivantes, agitées. Voyez-vous ces
villas aux balcons pleins de fleurs où l'on voit quelques jeunes filles, les cheveux livrés au caprice de
l'air, venir prendre le frais du soir, et écouter le murmure des flots? Que d'originalité dans ces moindres
détails! Que de grandeur dans cet ensemble! Je vous
avouerai, Fiorvante, que je voudrais vous voir imiter
ce tableau. C'est en s'essayant ainsi à peindre, ami,
que les grands maîtres sont arrivés à une rare perfection. L'artiste en reflétant sur la toile les pensées de
son âme, au spectacle de la nature, fait revivre pour
ainsi dire dans son œuvre ce même spectacle qui l'a
frappé, qui a ébloui ou fasciné son regard. L'art dit à
à l'homme : tu peux jeter des soleils sur des toiles,
réjouir et te chauffer l'âme à leurs rayons. L'artiste dit
à Dieu : comme toi je suis créateur; et il crée en effet, et, un hardi pinceau à la main, il ressaisit l'aspect même de l'immensité, dans les élans de son génie
sublime!

Lorenzio avait parlé avec véhémence. Son bel œil
bleu s'était illuminé d'un éclat extraordinaire. Son
élève l'écoutait, en silence, avec attention, en parta-
geant presque son enthousiasme.

— Savez-vous, Fiorvante, reprit le peintre, savez-vous ce que j'admire dans ce paysage? Ce n'est ni la beauté du style ni la vivacité des couleurs. C'est plutôt la poésie grandiose qui y répand ses rayonnements. L'artiste n'est arrivé à son but en peinture que lorsque la vie semble circuler sous sa toile; et c'est par là surtout que cette production est sans prix. Vous l'avez vue. Vous la voyez encore. Bien. Tournez maintenant la tête, ami. Regardez devant vous. Voyez le ciel. Ce tableau ne vous le représente-t-il pas tel qu'il est? Voyez la mer dont les vagues viennent mourir sur les escaliers de marbre de ces palais. La voilà aussi animée sur cette toile : elle y semble gémir. Pourquoi? Parce qu'elle y est peinte sous son véritable aspect, parce qu'elle y est reproduite avec fidélité, avec inspiration. Cela n'appartient qu'au génie, Fiorvante. Que cherche-t-on dans les œuvres des grands maîtres? C'est non-seulement la splendeur de l'art, mais encore sa plus haute perfection. Quelque belles, quelque vives, en effet, que soient les couleurs d'un paysage, d'un site pittoresque quelconque, si elles n'ont pas cette symétrie et cette harmonie que demande et que possède la nature, elles ne produiront nul effet. Et ce que je dis ici pour un brillant paysage, je puis le dire aussi pour les plus hautes conceptions de l'art. Ainsi, j'ai vu autrefois, dans la galerie de Florence, un tableau d'un grand peintre représentant dans un désert un lion rugissant. On admirait ce tableau, on se le disputait, on rendait hommage à son auteur. — Et c'était juste. — Car ce lion, représenté avec vérité, semblait horrible et beau dans sa colère, dans sa fureur. On craignait d'approcher de la toile, de la toucher du doigt, comme si soudain cet objet inanimé allait bondir avec un cri terrible, l'œil ardent, le crin hérissé! Ce n'était pourtant qu'un dessin. Mais un dessin fait d'après nature. De même dans ce paysage, ce que vous aimez et admirez, Fiorvante, c'est la majesté vivante de la réalité. Peut-on mieux peindre? Tenez, voyez le ciel. C'est bien le même que nous avons sur notre tête. — La mer. — Elle s'anime. — Le Vésuve. — Mais ce volcan est réel, dans sa magnificence. Mais ces flammes diamantées, ces étincelles d'or qu'il lance dans l'espace, dans un lointain vaporeux, elles existent, elles éblouissent! Et ce n'est pourtant que de la peinture!... Mais une peinture qui excite l'enthousiasme dans l'âme par la richesse des images, et la grandeur des idées. On ne peut rien lui demander de plus.

— Je voudrais bien savoir qui est l'auteur de ce tableau, dit Fiorvante en se rapprochant du peintre.

— C'est une femme, répondit Lorenzio.

— Une femme, s'écria le jeune homme avec surprise. — Et vous la connaissez?

— C'est plutôt pour elle que pour tout autre que je viens à Venise, Fiorvante. Je l'ai déjà vue à Naples. Je lui ai déclaré que je l'aimais, car elle est jeune, intelligente et belle. Elle n'a pas repoussé cet amour. Elle n'a pas dédaigné le pauvre artiste Lorenzio, si j'ai pu

en juger par le trouble de ses sens et l'agitation de ses
regards. Mais depuis lors elle est revenue à Venise.
Chez son père. Je veux donc tâcher de la revoir, de lui
parler, ami. Oh! comprenez-vous Fiorvante, vous qui
n'êtes plus un enfant, comprenez-vous combien je puis
être heureux avec l'amour de cette femme! Elle tient
mon existence entre ses mains. Pour elle, j'aime la
gloire, et le rayonnement qu'elle répand. Soutenu par
elle, je pourrais devenir célèbre. Elle ferait de moi un
Raphaël. — Car elle est noble et grande, elle; ce
serait l'ange gardien du pauvre artiste qui l'aime. Ce
serait l'étoile qui brillerait dans l'azur de mon ciel, si
elle descendait jusqu'à moi. Je ne me fais pas illusion.
Je ne m'égare pas dans les chimères d'un vain songe.
Cette femme, Fiorvante, c'est la vierge la plus chaste
et la plus belle que mon imagination ait entrevue, que
mon âme ait espérée, et que mon cœur ait attendue
pour aimer. Je deviendrai grand si elle le veut. Aussi
grand que Titien et qu'André del Sarto. Si elle m'aime,
je ferai des chefs-d'œuvre. Elle donnera l'essor à mon
génie. J'affronterai les revers. Je créerai des merveilles. Je reproduirai sur la toile toutes les splendeurs des
créations divines. Et la toile s'animera sous mon pinceau, et je lui donnerai la vie. Je mettrai une lumière
sur le front de mes modèles, et le néant trouvera une
âme sous mes mains habiles. Ainsi que ce sculpteur
antique qui sentait le marbre palpiter sous ses doigts,
la pierre bondir sous ses ciseaux, la couleur vivra sur
mes productions, elle y fera jaillir ses étincelles lumineuses, son coloris éblouissant, et le monde poussera

un cri d'admiration devant les tableaux du pauvre
peintre. Je serai comme Moïse frappant sur un rocher
aride pour en faire couler une source précieuse. Oh!
cette femme, Fiorvante, elle a toute influence sur
ma vie. Je ne vois qu'elle dans la nature. Lorsque
mon intelligence s'élève dans le travail, c'est elle
qu'elle retrace à mes yeux. Chaque fois que j'ai besoin
d'un type de candeur virginale ou d'amour chaste, ses
traits se représentent à mon esprit, et, malgré moi, je
reproduis les lignes que me trace son souvenir. Enfin,
je l'aime, ami. Et depuis que son image me poursuit,
je sens mon amour grandir. Dans les veilles, dans les
fatigues, cette image me soutient. Oh! si j'avais son
amour!... Et dire que le ciel mélancolique, le ciel vénitien qui brille sur ma tête, est celui qui, maintenant,
sourit à ses yeux! et dire que le beau soleil qui m'é-
claire l'illumine de ses rayons!... Respirer le même
air qu'elle, être à quelques pas de sa demeure, comprenez-vous cela, cher élève?...

Lorenzio vint s'accouder au balcon de la chambre,
et fixa longtemps les yeux sur la lagune. Vêtu, ainsi
que plusieurs peintres, d'une veste et d'un pantalon à
pied, enveloppé d'un manteau de soie violet, la tête
couverte d'un bonnet de velours, on l'aurait pris pour
le jeune Raphaël, si sa longue barbe blonde ne lui avait
donné un air plus austère.

— Et vous ne voulez pas la revoir, maître, dit Fiorvante, à qui cette peinture avait fait le plus grand plaisir.

— Ne pas la revoir! s'écria Lorenzio Ne vous ai-je

pas dit que c'était pour elle que j'étais à Venise? Ne
pas la revoir! Oh! peut-on avoir passé tant de tristes
jours loin d'elle, sans venir recueillir un de ses sourires, sans mendier un de ses regards? Ami, je suis dé-
cidé à tenter un effort suprême pour obtenir son amour.
Elle saura combien je l'aime; je suis libre d'aimer, je
suis libre de lui offrir mon cœur! Je suis libre de mourir, si elle me repousse. Oh! que je me plais à me rappeler l'enivrante soirée où, dans un salon à Naples, je
la vis, je lui parlai. — Que vous êtes belle, jeune fille,
m'écriais-je avec un regard qui peignait ma passion. En
entendant ces mots et en voyant ce regard, elle pâlit.
Ses yeux se voilèrent: il me sembla qu'elle allait
tomber évanouie; je la retins dans mes bras. Dans ce
mouvement brusque, sa tête se pencha sur mon
épaule, sa chevelure inonda mon visage. Souvenir
d'un délire brûlant! Que de jours j'ai passés à me
décrire à moi-même cette scène! Que de soirs écoulés
à la reproduire sur mes tableaux! cher Fiorvante: que
d'admirations, que d'émotions, que d'aspirations éveil-
lées en moi par le spectacle enchanteur d'un pareil
moment! Mes pinceaux bondissaient sur la toile. Le
sang refluait vers mon cœur. Ma pensée n'était plus à
moi. Mais je vais la revoir! je vais de nouveau lui
parler, Fiorvante! Je vais lui rappeler ce souvenir.
Je la verrai s'attendrir en m'écoutant. Je toucherai
les fibres de son cœur. Je serai un peu poète dans
mes discours!

Puis, continua Lorenzio, je me jetterai à ses pieds

pour lui faire l'aveu de ma passion. Je lui soumettrai
mes projets. Et si ses yeux daignent se tourner sou-
riants vers celui qui l'aime, si elle prend pitié du pauvre
artiste, nul homme n'aura jamais été plus heureux
que moi. Mon amour est comme un éclair de soleil : il
brûle jusqu'au sang.

Le peintre regarda le ciel, puis reportant son attention autour de lui, il se prit à sourire mélancoliquement
à son élève.

— Priez Dieu que je sois aimé, Fiorvante, dit-il.
Avec l'amour de cette femme, je le répète, je puis surpasser les grands modèles. Je puis vous faire aussi une
belle réputation. — Oui, terre d'Italie, ajouta-t-il, en
retournant à son balcon, jamais tu n'auras produit, si
elle m'aime, un peintre comme moi. Jamais tu n'auras
donné le jour à un plus grand artiste. Je surpasserai
tes Raphaël et tes Pordenone. Je m'élèverai plus haut
que les Giorgione et les Titien. Je serai créateur de
mille merveilles sublimes. J'animerai le néant pour en
faire jaillir des étincelles de vie.

Que me faut-il pour cela? Rien. L'amour d'une
femme. C'est-à-dire un rayon de soleil sur mon âme,
une goutte de miel sur mes lèvres, une fleur sur mon
sein. Avec cela, je suis heureux.

— Allons, Fiorvante, dit le peintre, en s'interrompant, vous savez que nous avons une petite course à

faire. Quelques tableaux à offrir. Allez vous habiller
convenablement.

— Nous allons donc, ce matin, chez le signore don
Garcy, demanda le jeune homme.

— Nous allons chez le père de celle que j'aime, ami,
répliqua le peintre.

Et Lorenzio, laissant tomber sa tête dans ses mains,
se prit à réfléchir profondément.

X.

UNE CONFIDENCE SUR LA LAGUNE.

X.

UNE CONFIDENCE SUR LA LAGUNE.

Il va être minuit. C'est l'heure du rendez-vous donné par Perdilla à Asraël. Se promenant au bord de la lagune, un jeune homme regarde autour de lui avec agitation. Son visage est pâle, on voit dans ses yeux un de ces éclairs sombres qui annoncent toujours un orage intérieur. Il marche, d'un pas saccadé, parlant tout haut, sans s'inquiéter de ce qu'on peut penser de lui, et s'adressant parfois à un gondolier qui, de son embarcation, semble prêt à recevoir ses ordres. Par moments, des mots entrecoupés s'échappent de ses lèvres, et alors on entend son cœur battre, on voit tout son corps frissonner.

— Quoi! s'écrie-t-il, un tel malheur me serait ré-

servé!... Elle se serait raillée de moi, raillée de mon
amour! Elle en aimerait un autre!... Oh! cette femme
me trompe... Mais elle viendra... Il faudra qu'elle me
prouve... Malédiction! l'heure approche, et je ne la
vois point!...

— Pourtant, reprend-il, en se parlant à lui-même,
elle m'a dit, en me quittant : Je compte sur vous! à
demain, signore Asraël, à demain, à minuit!... J'ai
répondu, avec colère, avec fureur : A demain, à minuit,
signora! Je ne sais... Mais je crois que le ton avec lequel j'ai prononcé ces mots a fait sur cette jeune femme
une pénible impression... Après tout, pouvais-je accueillir, le sourire aux lèvres, une nouvelle qui me
met la mort dans le cœur?

Il fit encore quelques pas vers la lagune.

— Pourquoi ai-je écouté cette femme? Je devais
refuser de l'entendre, je devais ne point me rendre au
rendez-vous qu'elle m'a donné. Elle se jouait de moi,
peut-être. Mais elle va venir, et je verrai bien si elle
ne s'est pas moquée du pauvre étranger...

Minuit sonna en ce moment à l'horloge de la basilique de Saint-Marc.

La nuit était, comme on le voit, bien avancée. Mais les
nuits italiennes ne sont qu'un jour bleuâtre; tout le monde

prenait le frais sur les terrasses, ou se promenait en
gondole sur la mer. La lune découpait de blanches
silhouettes sur le faîte des maisons, et répandait des
flots de sa lumière sur les édifices de la ville. Il est
digne de remarque que, sous le beau ciel vénitien, rien
n'est plus poétique que la nuit ; et les poètes ont célé-
bré avec raison cette riante contrée italienne. Les
splendeurs d'un lumineux lointain jointes à la vaste
étendue des mers agissent sur l'âme portée aux rêveries contemplatives. Leur aspect n'excite ni la joie ni
la tristesse, mais plutôt un mélange de l'une et de
l'autre, un sentiment mélancolique et religieux qui
peu à peu élève l'âme et l'émeut par des images grandioses. Asraël, plus que tout autre, savait apprécier
le charme de ces belles nuits, mais, dans cette circonstance, il avait l'esprit trop rempli de pensées graves,
pour se laisser entraîner avec l'enthousiasme d'un cœur
tendre et naïf par les merveilles de la nature et du ciel
de ces climats. Il se prépara donc à quitter les bords de
de la lagune, honteux d'avoir prêté foi aux paroles de
l'inconnue, lorsqu'il se sentit doucement frapper sur
l'épaule, et nommer par son nom : il se retourna : une
femme était devant lui avec un masque de velours au
visage.

— Pardonnez-moi, signore, de vous avoir fait attendre ; mais, en vérité, ce n'est nullement de ma faute.

Asraël fit un signe au gondolier qui attendait ses
ordres.

La jeune dame monta dans l'embarcation avec la légèreté d'un oiseau.

— Maintenant, signora, je ne perds pas un mot de ce que vous allez me dire, observa Asraël. — Mais, reprit-il, j'oubliais un point essentiel du rendez-vous que j'ai accepté. Je ne vous connais pas, signora, et vous pouvez sans crainte parler à visage découvert. J'aime à voir si les regards sont toujours d'accord avec les paroles. Ne l'oubliez pas, je vous prie. Car c'est à cette condition que je veux vous écouter.

— Il faut vraiment, signore Asraël, que votre esprit soit bien préoccupé pour que vous ayez oublié jusqu'au son de ma voix, dit la jeune dame avec un accent passionné. Regardez-moi bien, je vous le permets cette fois.

Elle ôta son masque, Asraël vit ses yeux briller et ses traits prendre une expression de fierté, d'audace, d'énergie et de passion sauvage.

— O ciel! s'écria-t-il! que vois-je! La signora Perdilla!

— Moi-même, vous voilà satisfait, je pense. Et d'abord ne me regardez pas avec ces yeux hagards. Vous me feriez peur, sans aucun doute...

— Mais je ne vois pas comment.... Est-ce que

mon regard vous offense? Dans ce cas, signora, pardonnez...

— Bon. Vous allez me dire que si vous tournez vers
moi des yeux pleins de courroux, c'est parce que je
suis jeune, et belle peut-être, et que vous voulez me
faire la cour.

La signora éclata de rire.

Avant d'aller plus loin, nous ferons au lecteur quelques remarques sur la fière Italienne. Perdilla était
cette nuit, en proie à une agitation qui était loin d'être
naturelle, mais qui lui allait à merveille. Sa taille ma-
jestueuse, paraissant avec tous ses avantages, semblait
onduler voluptueusement sous les plis légers d'une
riche ceinture : ses sourcils d'un noir velouté, surmon-
taient, de leurs arcs d'une régularité parfaite, des yeux
qui faisaient baisser le regard et où par moments étin-
celait un éclair de feu : son nez fin et d'une courbe
légèrement aquiline indiquait une fierté vraiment royale,
et, dans la pâleur dorée de son teint, l'éclat vif et brillant de ses joues formait un contraste saisissant avec
le reste de sa physionomie.

Le costume de Perdilia était d'une richesse extrême :
son voile de gaze, recouvert de diamants, se balançait
avec grâce sur son front ; sa robe, d'un velours éclatant, disparaissait presque sous l'étoffe de mille brode-
ries. Des perles et des fleurs rayonnaient dans ses che-

veux, attachés autour de son cou par de grandes épingles à tête d'or. Il se formait aux manches, aux coudes,
à la poitrine, mille étincellements produits par l'éclat
des pierreries et par les paillettes mouvantes d'argent
et d'or qui se répandaient autour de sa taille souple et
délicate, et faisaient mieux entrevoir l'opulent contour
des hanches. Ainsi vêtue, la belle Vénitienne faisait
l'effet d'une de ces Péris que l'imagination des poètes
aime à se représenter dans un lointain lumineux et
brillant de l'âge primitif.

Plus Asraël regardait Perdilla, plus il se sentait
attiré vers elle par un attrait irrésistible. Il avait
peine à croire que cette jeune et belle femme eût aucun
intérêt à le frapper dans ses affections, à mettre un
terme à son amour pour Léonia, dont elle était presque
la seconde mère. Il se croyait le jouet d'un rêve, et se
livrait à de profondes méditations, sans s'apercevoir
que le regard de la signora était fixé sur lui d'une façon
singulière. La gondole glissait avec nonchalance sur les
eaux, et Asraël continuait à rêver silencieusement,
lorsque Perdilla lui dit, avec un doux sourire :

— Comment donc se fait-il, signore, que vous ne
me pressiez plus de questions, comme lorsque un masque voilait mes traits. Je gage que je vous intimide.
Convenez-en.

— Oh! madame, répondit Asraël, n'interprêtez pas à
mal mon silence. Je me laissais entraîner à mes pen-

sées, et une voix intérieure me disait qu'il est impossible que la signora Perdilla m'apporte la preuve que Léonia me dédaigne. Je n'avais pas compris que vous vouliez éprouver mon amour. Pardonnez-moi si j'ai douté un instant. N'est-ce pas que j'ai eu tort de vous croire? N'est-ce pas que Léonia ressent pour moi une affection sincère? Oh! répondez, madame. Une de vos paroles fera renaître mon cœur à l'espoir. Non, vous ne me détromperez pas!...

Perdilla croisa les bras sur sa poitrine, et parut réfléchir profondément. Sa tête se pencha d'un air de tristesse, puis, relevant tout-à-coup ses grands yeux noirs, où brillait une émotion étrange :

— Ainsi, dit-elle, votre amour pour cette jeune fille est bien grand pour qu'il vous fasse douter de la réalité. Est-il possible d'imaginer un aveuglement pareil! Pourquoi n'ajoutez-vous point foi à mes paroles? Je vous ai dit que Léonia ne partageait point votre passion...

— Oui, sans doute, murmura Asraël, d'une voix éteinte; mais vous m'avez promis de m'en donner la preuve... et jusqu'à présent... Mais, de grâce, signora, jurez-moi que vous ne vous faites pas un jeu de mon amour; jurez-moi que vous ne vous raillez pas de ma souffrance. Ce serait mal de pousser si loin la cruauté.

— Je vous répète, Asraël, que vous n'êtes pas aimé

de cette jeune fille. Mais avant de vous donner la preuve
de ce que j'avance, j'exige de vous un serment. Jurez-
moi de ne pas m'en vouloir, si je détruis d'un seul coup
vos plus radieuses illusions.

Asraël regarda plus attentivement cette femme qui
enfonçait un poignard dans son cœur, en lui parlant
avec une voix si douce. Il ne comprit pas, dans sa douleur, pourquoi elle souriait avec tant de charme, quand
lui, il sentait la fièvre de la jalousie brûler ses veines.
Mais vaincu par son regard plus encore que par l'attrait
de sa voix, il répondit :

— Je vous promets de ne pas vous haïr, signora,
quoi qu'il arrive.

Et une larme brûlante coula de ses yeux.

—Voilà donc qui est convenu, reprit la jeune femme.
Fiez-vous à moi. Je vous donnerai bientôt l'explication
que vous attendez ; mais, avant cela, nous avons à
causer un moment ensemble. Consacrez-moi quelques
instants. On a toujours le temps de souffrir. Surtout,
ne vous impatientez pas. Je tiens à vous dire, avec fran-
chise, que si je me suis intéressée un peu à vous, c'est
que je vous estime, c'est que je vous aime. J'ai lu dans
vos yeux un amour qui ne pouvait être que malheureux;
j'ai pénétré, dans votre cœur, une passion qui mena-
çait, en grandissant, de vous faire un triste avenir. Je
viens donc à vous comme une amie, mieux que cela,

comme une sœur, pour vous dire ce que je pense à
ce sujet, et vous offrir, s'il est possible, des conso-
lations.

Nous autres Vénitiennes, continua Perdilla, en levant
les yeux au ciel, nous sommes douées d'une âme ardente, et nous savons aimer. Nous savons combien
une passion funeste peut faire de ravages dans un cœur
encore jeune et naïf. Nées sous un soleil de feu, dans
une cité de poésie, d'amour et d'art, notre âme
est aussi énergique qu'aimante. Accueillez-moi donc
comme votre meilleure amie. Permettez-moi de vous
conseiller. Je connais les troubles du cœur!...

— Hélas! signora, répondit Asraël, vous ne pourrez
jamais parvenir à faire régner la paix dans mon âme.
J'avais mis tout mon espoir dans l'amour de Léonia. Et
puisque vous détruisez ainsi l'idéal de mes rêves, puisque vous dissipez l'éclat de mes illusions, que me
fait la vie? Que me fait l'existence? Ah! mon cœur est
brisé...

— Je sais tout ce que vous devez souffrir, monsieur,
murmura la jeune femme, je le sais, et je vous plains.
Mais est-ce une raison de se désespérer? de renoncer à
toute jouissance, à tout bonheur? Qui vous dit que vous
ne rencontrerez pas d'autres cœurs de femme non moins
précieux sur votre route? Qui vous dit qu'une créature
plus aimante ne s'attachera pas à votre vie, et que vous
serez aimé d'elle comme vous méritez de l'être? Doutez-

vous de Dieu, s'écria Perdilla, le sein palpitant, la voix frémissante. Doutez-vous de Dieu ?

— Non, non, s'écria vivement le jeune homme, je ne puis plus espérer. Léonia seule pouvait me rendre heureux. Vous devez connaître Léonia, madame. Riche et sublime d'intelligence, de beauté, de candeur, qui pouvait mieux qu'elle transporter mon âme et l'illuminer d'un rayon d'amour? Ses regards ont absorbé ma volonté. Je me suis senti pénétrer dans cette atmosphère de splendeur, de feu, de mélancolie, qui la rendent si au-dessus des autres femmes! C'est une élévation à ne point comprendre; c'est un regard qui brûle, un sourire qui éblouit, et tout-à-coup une chasteté de vierge qui rayonne. Je n'ai pu me rendre maître de mes impressions. Je n'ai pu arracher de mon cœur l'image qui l'a frappé. Vous comprenez l'amour, signora? Eh bien! je l'ai compris moi aussi à mon tour. Eh bien! j'ai aimé aussi. Que dis-je! j'aime encore Je n'ai plus assez de volonté, je n'ai plus assez d'énergie pour étouffer en moi cette passion. Toutes mes pensées s'élèvent encore vers elle, et vous me dites de ne pas l'aimer? Mon Dieu! le puis-je?

Le jeune homme se rejeta sur les coussins de la gondole, et on l'entendit, dans le silence de la nuit, éclater en sanglots. Perdilla se rapprochant de lui, le considéra avec un mélange de tristesse et de joie.

— Écoutez, Asraël ; je vous ai dit que je connaissais

l'amour, et c'est ce qui m'a engagé à détruire les illusions de votre cœur. Je ne me suis pas trompée sur vos affections. Vous aimiez pour la première fois, peut-être? Jamais, avant Léonia, aucun regard de femme n'avait dominé votre volonté? Jamais, avant elle, vous n'aviez connu les puissances de la passion et leur impétuosité? Vous me saurez gré plus tard, je l'espère, de vous avoir arraché à un abîme. Dominé secrètement, ou plutôt fasciné par la beauté de cette jeune fille, vous alliez peu à peu, sans vous en apercevoir, devenir la victime et le jouet de vos rêves. Il était temps de dessiller vos yeux. Aimer et n'être pas aimé, savez-vous bien ce que cela peut être, par la suite, pour un cœur crédule où l'amour a grandi? C'est un désespoir impuissant, un enfer! C'est une lave ardente qui nous brûle, qui nous consume, et qui nous fait mourir. L'homme lutte en vain contre ses impressions, en vain il appelle à son secours tous les arguments possibles : l'amour a, comme la vie, un besoin incessant de calme et de bonheur à son développement. Une image enivrante et fatale est là qui nous poursuit, qui attire notre pensée et que nous ne pouvons voir qu'à travers un éblouissement. Voilà le triste tableau d'une passion non partagée. En pouvez-vous douter, Asraël, lorsque vous cherchez encore à vous détromper, pauvre jeune homme, malgré la douleur, malgré l'émotion qui vous domine? Mais, je le répète, ce que vous avez éprouvé, ce n'était simplement qu'une passion passagère : elle peut être vaincue dans votre cœur.

La voix de Perdilla avait en ce moment un timbre étrange. On eût dit, tantôt qu'elle retraçait les charmes, les jouissances de l'amour avec un accent joyeux, avec des délices infinies, et tantôt qu'elle peignait ses tourments, ses angoisses, avec un éclair magnifique dans les yeux. La majesté de la nuit prêtait je ne sais quoi d'éloquent à ses paroles. L'air était pur et embaumé; au firmament brillaient des milliers d'étoiles, qui se détachaient comme des diamants gigantesques sur le ciel d'un bleu sombre, et l'obscurité était de temps à autre dissipée par la présence subite de rayons lumineux que l'astre des nuits répandait sur la mer. Asraël se laissait entraîner au charme de la voix de Perdilla, son cœur battait avec force.

— Vous avez raison, signorina, j'étais né pour le malheur. Le tableau que vous venez de retracer est celui de l'infortune qui m'attend. Mais à quoi bon s'entretenir davantage là-dessus? Vous faites saigner involontairement mes plaies. Un dernier coup, celui que je vous demande, c'est la preuve que Léonia en aime un autre : je sais bien que vous qui êtes si bonne et si douce, vous êtes incapable de me tromper. Mais vous m'avez promis... Oui, j'aimerai à subir ce dernier coup en silence, s'écria Asraël. J'aimerai à souffrir dans mes affections en me voyant ramené à la réalité. J'étais né, vous dis-je, pour être malheureux.

— De grâce, calmez-vous. Écoutez-moi. Je suis là pour vous conseiller. Pauvre jeune homme, vous avez donc souffert dans votre enfance? Racontez-moi vos malheurs. Car j'ai souffert aussi!

Perdilla prononça ces mots avec une voix triste, d'un accent profond. Une grande agitation se peignit sur ses traits; et son regard se leva au ciel, mouillé de larmes.

— Vous raconter mes malheurs, s'écria Asraël. A quoi bon, signora? Peuvent-ils intéresser une personne du monde?...

— Dites, Asraël. Mon cœur est fait pour recueillir les épanchements du vôtre. Il n'est pas naturel que l'on souffre à votre âge. N'avez-vous pas d'amis.

— Quelques-uns.

— Mais, à moins d'être un égoïste, tout homme jeune encore a besoin d'un cœur dans lequel il puisse de temps en temps communiquer les pensées du sien...

— J'avais ma mère!...

— Elle est morte, demanda Perdilla, émue malgré elle du ton avec lequel Asraël avait prononcé ces mots.

— Hélas! oui, signora, elle est morte. Je l'ai perdue bien jeune encore...

11

— Comment avez-vous passé votre enfance?

— Douloureusement. Sans aucune consolation, dit Asraël, qui se laissait gagner par le regard attendri, par le sourire mélancolique de Perdilla.

— Ne fréquentiez-vous pas un peu le monde?

— Je le méprisais. J'étais né sauvage et libre; je me sentais un caractère fier et indépendant, et je ne pouvais me faire avec les hommes qui se rencontraient sur ma route. Je n'étais ni riche ni puissant, Dieu m'avait laissé orphelin : pouvais-je avoir quelque valeur auprès de ces hommes qui m'éblouissaient par leur opulence, et qui passaient dédaigneux à côté de moi? Je me sentais pourtant meilleur qu'eux dans le fond de mon cœur. Je me connaissais des instincts qui n'étaient pas les leurs, des enthousiasmes qu'ils n'avaient jamais ressentis, des élévations intérieures qu'ils étaient loin de comprendre. Je m'éloignai donc de leur société. Je vécus longtemps seul. Travaille, me disais-je, livre-toi aux penchants, aux besoins de ton cœur, et tu ne devras rien à ces hommes qui te regardent à peine, et n'ont pour toi qu'indifférence ou dédain. Que vas-tu faire parmi eux? N'es-tu pas libre de vivre selon tes goûts et tes désirs, de choisir tes amis, d'embrasser une carrière digne de toi? J'essayai la peinture. Mais je me trouvais impuissant dans cet art si beau, devant les toiles merveilleuses des grands maîtres. Il me fallait

une étude où, sans rien imiter, je pusse me livrer à toute
la poésie de mon âme. Les lettres offraient un vaste
champ de liberté à mon esprit. J'étudiai le cœur humain, cette étude la plus féconde et la plus digne de
notre intelligence. Je me laissai tour-à-tour entraîner
par les grandes pensées et les hautes conceptions de la
philosophie ; je m'abandonnai à tous les charmes d'une
imagination brûlante. Étudie, pensais-je en moi-même,
ces cœurs froids qui te repoussent sont loin peut-être
de penser comme toi, et de se créer un idéal aussi
sublime que le tien. Peuvent-ils mettre, d'ailleurs, un
obstacle à l'essor de ta pensée? N'emploies-tu pas avec
plus de discernement et de noblesse tes loisirs? Et,
plein de ces idées, je passais de longues heures de
joie et de repos dans ma solitude. Qui pouvait m'arracher à ces méditations? Il fallait un événement inat-
tendu pour changer de nouveau mon genre de vie; et
cet événement arriva.

Asraël se tut un instant pour se recueillir. Ses yeux
bruns lançaient des flammes en s'animant. Perdilla ne
perdait rien de ses paroles, et se plaisait à lui entendre
raconter sa vie. La belle Vénitienne était émue.

— Cet événement arriva, reprit le jeune homme, et
j'ai lieu de m'en souvenir. Il y avait déjà longtemps
que j'avais renoncé au monde lorsqu'un ami d'enfance
vint me voir dans ma retraite. Peut-être avez-vous entendu parler de lui, signora? Sa renommée est grande
en Italie : il s'appelle Bennoti Lorenzio...

— Lorenzio, le peintre de Naples! s'écria Perdilla
en frémissant.... Pauvre jeune homme.... Je devrais
tout lui cacher, ajouta-t-elle tout bas.

— Eh quoi! vous êtes émue, signora? Le nom de
Lorenzio produirait-il sur vous un effet pénible?...

— Ce n'est rien, répondit la jeune femme, en
tâchant de dissimuler son agitation. Vos paroles m'a-
vaient impressionnée... Continuez, je vous prie, votre
récit...

— Cet ami fidèle vint me voir. Il commençait à
être déjà un peintre distingué, et, comme tel, on l'ad-
mettait volontiers dans les cercles les plus brillants,
dans les salons où les jeunes femmes sont toujours soi-
gneuses de plaire à l'homme qui peut, en quelque sorte,
ajouter à leur beauté les formes pures et idéales de l'art.
Lorenzio avait plus d'un titre à leur amitié. Jeune,
beau, d'une tournure pleine de distinction, et doué
d'un grand air d'artiste, qu'il conserve toujours, il n'a-
vait qu'à paraître dans une réunion quelconque pour
être ensuite recherché avec frénésie. Il me fit la confidence de ses succès. Il m'engagea à venir dans le
monde avec lui. Je n'osai refuser à mon meilleur ami,
à mon frère de cœur, ce que j'avais refusé à tant d'autres. Je vins de nouveau au milieu des sociétés les plus
brillantes; de nouveau, je me lançai au milieu d'un
monde étranger à mes impressions. Aveuglement fatal!
J'étais dans l'âge des passions : je venais d'atteindre à

peine dix-huit ans, j'étais plein de désirs, d'enthousiasme ardent, et je ne voyais pas quelles idées allaient
bientôt s'éveiller dans mon cœur.

— Vous devintes amoureux?...

— Le moyen de ne pas le devenir, lorsque je voyais
devant moi s'étaler les séductions les plus enchante-
resses? Lorsque les charmes les plus enivrants éton-
naient ma paisible simplicité? J'étais jeune encore,
porté à l'illusion par conséquent. Un jour que j'étais
avec Lorenzio dans une réunion, où venaient briller les
plus belles filles de nos poétiques climats, je connus
les premiers troubles de la passion. Rien de plus gracieux, de plus riant que la danse moderne, telle que je
la vis alors, dans cette réunion. Je fus ébloui, ou plutôt
fasciné. La musique italienne avec ses mélodies mélancoliques, tristes parfois, ses notes de feu et ses élans
passionnés qui brûlent, énervent, ou font pleurer, fut
loin de m'arracher à la rêverie contemplative, ardente,
qui s'était emparée de moi. Quoi de plus enchanteur,
de plus ravissant, que ces jeunes femmes échevelées,
tourbillonnant dans des danses folles ou tombant épui-
sées dans les bras des signores, la gorge nue, les tresses
roulées en spirale d'or, les yeux noyés d'ivresse et
d'amour! Chaque fois que l'une d'entre elles venait à
m'effleurer de sa robe, ou que le parfum de sa chevelure et de ses gants arrivait jusqu'à moi, je me sentais
frémir, je me sentais palpiter sous un poids de volupté,
d'amour étrange. Une jeune fille surtout attira mon

attention. Ses cheveux blonds cendrés, glissant en
boucles éclatantes jusque sur le sommet des épaules,
lui donnaient l'aspect d'une de ces Vierges que le grand
peintre a placées dans les cieux. Il y avait sur son visage
un air de mélancolie touchante. Trop timide pour lui
parler, je ne la quittais pas des yeux, et lorsque, de
bonne volonté, elle s'offrait aux bras des jeunes dan-
seurs, lorsque je voyais son sein bondir sur une poitrine
d'homme, des frissons de fièvre et de jalousie brûlante
couraient dans mes veines. Enfin, elle se retira seule,
et je me mis à la poursuivre, sans même avertir Lorenzio
de mon absence. Il faisait une nuit assez belle, quoiqu'on fût au milieu de l'hiver. La jeune fille, enveloppée d'un manteau de velours noir, traversa divers quartiers de la ville, et puis entra dans un jardin situé aux
bords de la mer. Mon cœur battait dans le silence, et
je le sentais battre si violemment que je croyais qu'il
allait se briser dans mon sein. La belle Napolitaine
disparut dans un corridor étroit, faiblement éclairé
par la lumière d'une lampe, et, l'heure étant avancée,
j'entendis s'éteindre l'un après l'autre les bruits divers de la ville. Je compris que je n'avais plus rien
à craindre, que je ne pouvais être vu ni entendu,
et je me décidai à pénétrer à mon tour dans le jardin.

Écoutez, signorina, ma passion était aussi violente
que soudaine, mais lorsque j'ouvris la porte de cette
villa inconnue, lorsque, à travers les fenêtres, je vis une
ombre de jeune fille apparaître soudain, et puis s'éva-

nouir, je sentis que mon courage allait m'abandonner,
et que mes projets ne se réaliseraient point.

Enfin, je parvins à me rendre maître de moi-même.
Je jetai les yeux autour de moi, j'étais bien seul, aucun
bruit ne troublait le silence de la nuit, si ce n'est le
chant d'un oiseau mélancolique au lointain. Il faut que
je lui parle, à cette femme, me disais-je : il faut qu'elle
sache combien est grand l'amour que je ressens pour
elle. Et les plus suaves harmonies de la danse, les voix
les plus douces de l'âme, le rêve, l'illusion, tout chan-
tait à mon oreille; et mon cœur se mourait sous ce
poids d'un bonheur inconnu.

Une bougie, placée dans l'intérieur d'un appartement,
jeta au dehors quelques rayons de sa pâle lumière, et
une ombre vint un instant s'accouder au balcon.

Je frissonnai; il me sembla avoir entendu un sanglot.
Aussitôt un jeune homme parut, et ses mains pressè-
rent la taille élégante de mon inconnue, et le bruit d'un
baiser retentit près de moi. Je crus m'être abusé,
m'être trompé dans ce moment: je voulus avancer: toujours le même bruit, toujours! Une bise froide
et aiguë sifflait à travers les branches dépouillées des
arbres, et cependant la sueur ruisselait sur mon front.
J'entendis bientôt une voix douce, une voix d'ange
parlant d'amour à un autre, lui jurant une fidélité éter-
nelle... Je ne pus supporter davantage un pareil spectacle. Je sortis du jardin, silencieusement, en étouffant

le bruit de mes pas. Oh! si j'étais jamais aimé ainsi, me disais-je! Si mon existence était ainsi partagée, que j'aimerais à presser dans mes bras la compagne de ma vie!...

J'espérai du moins que cet amour d'un instant, cet éblouissement passager ne tiendrait plus de place dans mon esprit et dans mon cœur. Le lendemain, je voulus reprendre mes études, je voulus de nouveau me plonger dans les grandes et sublimes pensées de la philosophie. Vains efforts! Je ne travaillai plus avec la même ardeur, je rejetai mes livres, je ne trouvai plus d'aliments à mon intelligence. Il me fallait ces joies bruyantes et insensées du monde, dont je m'étais autrefois éloigné. Mon cœur cherchait à s'ouvrir à un autre cœur; et, plein d'illusion et de poésie, il espérait, il espérait et était plein d'enchantement, de délire, de bonheur, lorsque vos paroles, signora, l'ont pour jamais flétri et brisé!...

Asraël se tut, une larme mouilla ses yeux. L'image de son désespoir ranimait en ce moment son amour pour Léonia; comme un courant d'air violent fait tout-à-coup jaillir de grandes flammes d'un brasier qui allait s'éteindre!...

—Je n'ai pas besoin de vous répéter que je comprends les orages de la passion, dit Perdilla, que ce récit avait fortement impressionnée. Regardez-moi : jamais la nature n'a mis plus de sensibilité dans le sein de l'homme que celle qui éclate dans mes yeux. Nous avons été malheureux tous deux, nous avons été dominés tous deux par ces pensées d'infortune qui attendrissent et assombrissent le même cœur; nous sommes nés dans les mêmes climats de soleil et de feu, au bord et au bruit du même Océan, le ciel riant de l'Italie a éclairé notre berceau. Pourquoi n'aurions-nous pas les mêmes sentiments passionnés et les mêmes élans d'âme? Asraël, je suis jeune, je suis belle, je suis aimante : je veux pour vous être une sœur. Aimez-moi comme un frère : peut-être réussirais-je à vous rendre heureux !...

La voix de la fière Italienne était méconnaissable, dans son accent de tendresse infinie. Asraël la regarda, et il ne put soutenir l'éclat de ses grands yeux noirs. Cependant, on approchait du rivage. On touchait au bord de la lagune. Le gondolier entonna un de ces chants mélancoliques et plaintifs qu'inspirent la poésie et la beauté du ciel italien, jointes au charme rêveur des douces nuits de ces climats.

Asraël et Perdilla, assis sur les mêmes coussins de la gondole, oublièrent un moment l'objet de leurs pensées, pour écouter le monotone écoulement de l'eau sous les arcades du palais. L'aspect religieux de la nuit, la fraîcheur du soir qui circule voluptueusement dans l'air, la gondole se balançant doucement sur les flots, les étoiles y répandant leur lueur, ajoutent au charme de la rêverie dans ces contrées du rêve. de

l'art et de l'amour. Asraël et Perdilla, après être sortis
de la lagune, se retrouvèrent seuls, en face de la demeure de don Garcy.

— Vous voulez des preuves, ami? Venez. Il en est
temps encore.

Le jeune homme suivit la belle signora, et ils montè-
rent tous deux les escaliers de marbre du palais.

Arrivée près de la chambre de Léonia, la jeune
femme s'arrêta un moment, comme pour reprendre
haleine. Il est permis de croire qu'elle cherchait à s'as-
surer si la charmante Vénitienne s'était livrée au sommeil. N'entendant nul bruit de ce côté, Perdilla fit
avancer le jeune homme dans une pièce à part, c'est-
à-dire dans la salle de travail de Léonia.

— Je vous ai dit, Asraël, que vous n'êtes pas aimé.
Pauvre jeune homme, il m'est dur, croyez-moi, de vous
arracher une douce illusion... Cependant, ne le faut-il
pas?... Ne dois-je pas...

Vous savez, signore, reprit-elle, en s'interrompant,
comme les amoureux aiment à reproduire sur la toile,
lorsqu'ils sont peintres, les impressions de leur âme
ou des traits qui leur sont chers. Léonia dessine à
merveille, signore, et elle surpassera bientôt nos plus
grands modèles. Voyez!

Elle poussa une légère tapisserie, du bout de son doigt effilé, et un tableau debout sur son chevalet s'offrit aux yeux d'Asraël.

— Celui-ci jeta un cri terrible.

— Lorenzio! Mon ami!...

— Lui-même, pour qui elle part demain pour Naples, dit Perdilla, d'une voix tremblante, en affectant une tendre pitié.

Le jeune homme chancela quelques instants dans la salle, comme frappé de vertige. Il avait un air qui eût touché le cœur insensible de l'être le plus cruel. La parole s'échappait de ses lèvres, rapide, incohérente, inintelligible, tant la douleur serrait sa gorge de ses brûlantes étreintes. Ces mots, O mon Dieu!... mon Dieu!... étaient les seuls qu'on entendît. Perdilla regarda ce pauvre jeune homme qui baissait la tête en pleurant, et dont le visage pâli se détachait tristement parmi les ombres de la chambre. Elle le regarda, disons-nous, puis murmurant ces mots :

— Cette crise passera, parce qu'elle est trop forte...

Elle vint effleurer de ses cheveux le front d'Asraël, et déposa avec une passion farouche un baiser sur ses mains.

———————

XI.

L'AMOUR DE DEUX ARTISTES.

XI.

L'AMOUR DE DEUX ARTISTES.

— Allez, Fiorvante. Je vous rejoindrai bientôt. Oc-
cupez-vous pendant le temps que je vais employer ici,
à dessiner ce joli paysage dont vous êtes si enthousiaste.
Surtout, ne perdez pas de vue la pureté des lignes et
l'expression brillante du modèle...

C'est Lorenzio qui parle ainsi à son élève, devant
l'appartement de la signorina Léonia.

— Au revoir, maître. Je vais faire de mon mieux
pour vous satisfaire, et, tout en travaillant, je prierai
Dieu pour elle et pour vous.

Le jeune homme descendit les escaliers de marbre du palais, et le peintre demeura seul.

Alors il posa une main sur sa poitrine, comme pour comprimer les battements de son cœur, et leva au ciel ses yeux pleins de mélancolie et de passion.

Puis, il ouvrit doucement la porte de la chambre de Léonia, et se trouva en face de la jeune fille qui, la tête penchée sur son épaule, semblait réfléchir profondément.

Au bruit de ses pas, elle leva les yeux.

— Ciel ! s'écria-t-elle involontairement, Lorenzio!.. Et son sein fut prêt à bondir sous son léger corset de soie.

— Daignerez-vous, signorina, excuser ma témérité, dit le peintre. Daignerez-vous me permettre de vous faire une confidence à genoux ? Ne me repoussez pas... N'ayez pas la cruauté de refuser de m'entendre... Ce que j'ai à vous dire, signorina, est de la dernière gravité, et mon avenir, je dis plus, ma vie dépend de cet entretien...

Léonia cacha un mouvement de joie, l'on vit ses yeux briller, et un sourire divin se dessina sur ses lèvres.

— Mais signore, murmura-t-elle, d'une voix basse

et tremblante d'émotion, il ne convient pas cependant...
Il ne convient pas...

— Je sais ce que vous allez me dire, signorina, s'é-
cria Lorenzio en l'interrompant. Il ne convient pas à
une jeune fille d'écouter l'homme qui s'introduit auprès
d'elle, sans son autorisation. Mais est-ce ma faute à moi,
si un sentiment plus fort que ma volonté m'entraîne
frissonnant près de vous? Est-ce ma faute si je sens un
amour digne des anges envahir mon cœur et éblouir
mon âme? Je vous aime, signorina, je vous aime, et je
viens vous le dire... Écoutez-moi... Mais vous détour-
nez vos regards de moi, vous rougissez, et je vois des
larmes dans vos yeux! Ah! puis-je espérer le bonheur!...

Lorenzio se jeta aux genoux de la belle Vénitienne.
La jeune fille regarda le peintre avec une expression de
joie charmante, un mélange de grâce et de candeur.
Ce dernier se sentit métamorphosé; il aimait tant à contempler cette noble et douce figure dont la physionomie intelligente et expressive variait à chaque instant.
Léonia avait un de ces teints transparents et pour ainsi
dire naïfs, qui sont un langage. Toutes les nuances de
la rougeur lui servaient à trahir ses émotions et ses
pensées. Avant qu'elle n'eût parlé, son visage avait dit,
et parfaitement dit, ce qu'elle allait dire, et c'était,
même pour les indifférents, un plaisir que de lire
tous les secrets de cette âme si pure, sur ce front
si charmant.

12.

Mais, par un hasard étrange, elle ne conserva pas longtemps, dans cette circonstance, son air de ravissement extérieur. Elle reprit sa pâleur, sa modestie virginale, et garda le silence. Lorenzio crut s'être trompé.

— Vous ne m'écoutez pas, signorina, s'écria-t-il en joignant les mains, et en étouffant un sanglot dans sa poitrine : vous ne m'écoutez pas. Vous êtes trop fière pour accepter l'amour du pauvre artiste? Vous êtes froissée d'en avoir entendu l'aveu? Hélas! plaignez-moi, mais ne me haïssez pas : repoussez-moi, mais excusez mon cœur. Je croyais en vous, je croyais, illusion! que le ciel avait à la fois embrasé nos âmes d'un feu qui ne pourrait plus s'éteindre. C'était un rêve, signorina, un songe de félicité céleste, c'était un délire, une folie sublime! Plaignez-moi, vous dis-je. Car sans votre image enchanteresse, le repos de mon âme serait assuré. Mais je vous ai vue, et j'ai senti que je ne pouvais rien sans vous, sans votre amour! Maintenant, il ne me reste qu'à souffrir!

Lorenzio cacha sa tête dans ses deux mains, tandis qu'un sanglot se brisait dans sa poitrine, et qu'une larme brûlante ruisselait le long de sa joue.

— Dieu ne l'a pas voulu, reprit le peintre. Je n'étais pas digne de ce bonheur enivrant! Pourtant voilà déjà longtemps que je ne passe pas un jour, une heure, sans prier le ciel pour vous, sans lui demander de nous unir. Voilà déjà longtemps que je me disais : Elle

sera l'ange de mon ciel, elle sera ma sœur; et votre indifférence m'arrache cette illusion!... Si vous l'aviez
voulu, ô Léonia!... Si votre bouche m'eût dit... quel
espoir!... Non, vous ne m'aimiez pas!...

En s'exprimant ainsi, Lorenzio jetait un trouble inexprimable dans le cœur de la jeune fille. Elle tremblait,
elle pâlissait, elle se suspendait au regard du peintre,
et, sous le magnétisme de ce regard, tout ce corps frêle
et souple frissonnait comme un bouquet de feuilles à la
cime d'un peuplier.

— Vous ne m'aimiez pas, ajouta le peintre, et ma
présence vous est odieuse... Vous me chassez... Je le
vois bien!...

Il s'apprêta à sortir, les traits remplis d'angoisse et
de désespoir.

— Au nom du ciel, signore, s'écria Léonia, toute
rouge de honte, ne me quittez pas ainsi!... Ne croyez
pas...

— Eh quoi, Léonia, vous me pardonneriez?

Un sourire d'une douceur inexprimable fut la réponse
de la jeune fille.

— Vous approuveriez mon amour?

Lorenzio fit quelques pas, et sentit sa poitrine s'élargir et son cœur se dilater. Il s'assit près de Léonia et prit sa main qu'il porta à ses lèvres. Une douce et insensible pression répondit à ce baiser.

Lorenzio leva les yeux au ciel, et dans son regard plein de feu passa un éclair éblouissant.

— Oh! que je vous remercie, Léonia, si vous m'aimiez autant que je vous aime!...

Et les paroles expiraient sur ses lèvres.

— Voyez-vous, reprit-il, voyez-vous comme le jour est pur et serein aujourd'hui? Que de lumières au ciel! Que de parfums sur la terre!... A nos pieds murmurent les flots, sur notre tête les vents frémissent, doucement émus; la ville sourit au lointain. Ne croiriez-vous pas être dans un séjour enchanteur habité par des génies? Que disent ces vagues qui se brisent si mollement sur le marbre de ces palais? Que disent ces rayons de soleil qui tombent avec tant de grâce sur la mer! Ils disent : aimez-vous!... Et nous nous aimons, et nos cœurs s'ouvrent au bonheur, à la félicité, et nous sommes pleins d'espérance dans l'avenir!

Regardez, là-bas, ces étincelles diamantées qui s'élèvent au ciel, et qui retombent en brillante poudre d'or sur la surface des flots! Voyez ces splendeurs de la terre vénitienne se reflétant autour de nous comme pour nous éblouir. Que ce spectacle est beau à nos yeux! Non, ce n'est pas un songe que cette félicité dont nous jouissons; c'est une réalité vivante, sublime!

Ne vous semble-t-il pas, jeune fille, que Dieu nous sourit à nous, pauvres poètes de ses créations? Ne croyez-vous pas sur notre tête entendre flotter les ailes d'or des anges comme si nous étions avec eux? Oh! grâce à vous, Lorenzio est heureux pour toujours! Vous avez réalisé mon plus beau rêve, ce rêve aux douces illusions, aux divines extases, sylphe radieux qui m'égarait au sein d'une région de lumière.

A vous seule je veux consacrer mon pinceau. Si j'ai de la renommée, je la devrai à votre amour; si, comme mes prédécesseurs, je fais des chefs-d'œuvre dignes des grands peintres de l'Italie, vous les aurez inspirés, ces chefs-d'œuvre, par un de vos regards, par un de vos sourires.

Mon génie vous appartient Il ne vivra, il ne rayonnera que pour vous plaire. Vous pouviez le tuer, le dépouiller de sa plus belle auréole, en repoussant le pauvre artiste. Vous l'avez sauvé, et je sens en moi des inspirations nouvelles, poétiques, que je reproduirai désormais, sur la toile, avec mon pinceau devenu immortel.

Je ne suis plus le même. Vous avez changé mon

cœur, en le purifiant par l'amour. Je vis d'une nouvelle
vie; je pense avec une autre intelligence; je ne m'appartiens plus. Comme Raphaël travaillant au portrait
de sa bien-aimée, je dirai, oui, je dirai, en m'inspirant
de vos traits : C'est elle qui a fait naître en moi le
génie, c'est elle qui m'a rendu grand!

J'éprouvais autrefois un charme enivrant à me bercer par des idées d'immortalité et de gloire. J'essayais
de laisser après moi un de ces monuments qui semblent
vouloir porter jusqu'au ciel le magnifique témoignage
des créations de l'homme, et dans mon imagination je
croyais voir mes tableaux s'élever sur de pompeux débris, et triompher du temps et de la mort, qui peuvent
tout détruire, excepté les œuvres que la postérité a couronnées. Maintenant, je désire plus que jamais cette
gloire, mais c'est pour en répandre autour de vous le
resplendissement. Ce que l'amour a de plus auguste et
de plus sacré, le génie humain de plus imposant, le
cœur de plus enthousiaste et de plus exalté, la poésie
de plus sensible, je le ressens, à cette heure de bonheur, de félicité. C'est une noble ambition qui règne
dans mon âme, étonnée d'une émotion qu'elle n'avait
pas encore ressentie; c'est elle qui fait couler les premières larmes que la puissance de l'amour arrache à
mes yeux. Oui, mes travaux resteront lorsque je ne
serai plus. Mon nom, comme un phare devant qui les
tempêtes, les orages et la voix de Dieu elle-même
sont impuissants, surnagera parmi l'Océan des siècles,
et répandra son plus pur rayonnement sur votre nom!

Oh! souriez, Léonia, souriez à l'heureux peintre qui vous aime de tant d'amour! Hier encore, je pleurais silencieusement en me rappelant votre souvenir! Savais-je que c'était sur moi que se reposait votre pensée? Savais-je que vous adressiez au ciel des vœux pour Lorenzio?

Vous m'aimez? Ce n'est pas une illusion, un délire passager et rapide. Votre bouche a prononcé ce mot, vos pleurs me l'ont révélé, vos lèvres se sont entr'ouvertes pour le dire. Oh! c'est aujourd'hui que vous m'avez révélé tout ce que suis : mes pensées se sont élargies comme un orbe immense, mon imagination a déployé ses ailes, il me faut votre amour pour grandir, comme à d'autres il faut de l'air pour respirer!...

Et la tête capricieusement renversée, les cheveux livrés au caprice du vent, Lorenzio contemplait la jeune fille avec une agitation inexprimable. Léonia répondit :

— Je jure devant Dieu, Lorenzio, de n'avoir point d'autre époux que vous. Je serai fière de vous aider dans vos travaux, de sourire à vos inspirations. Soyez pour moi comme un frère, soyez pour moi comme la mère que si jeune j'ai perdue. Elle m'aimait, elle, Lorenzio. Et maintenant, je ne la vois plus égayer mon réveil, je ne sens plus ses baisers sur mon front, je ne l'entends plus adresser à Dieu des prières pour sa fille. Mais

vous, ajouta-t-elle avec une grâce touchante et un sourire d'ange, vous avez le cœur de cette mère que je
pleure, Lorenzio, et j'espère en vous !

Le peintre joignit les mains, et leva les yeux au ciel
avec extase.

Puis tous deux gardèrent ce silence si doux, quand
l'âme est remplie de sentiments inexprimables.

— J'avais raison d'espérer ce bonheur, s'écria bientôt Lorenzio. En vous voyant apparaître près de moi,
vous si chaste, si jeune, si belle, je m'étais dit, je me dis
encore : elle sera la confidente de mes pensées. Vous
m'apparaissiez comme un de ces anges peints avec tant
de charme par Raphaël, comme une de ces Vierges
douces et aimantes qui descendent des cieux pour se
choisir un élu !

Je ne me trompais pas. Vous veniez élever et illuminer de nouveau mon intelligence ! La main dans votre
main, le regard sur vos yeux, je vais vivre dans cet
art si beau que je me suis choisi : je vais arriver à cette
échelle lumineuse où sont montés Giorgione, Titien,
André del Sarto, en tenant un pinceau célèbre dans
leur main ! Je vais y monter, parce que vous allez
vivre pour moi !...

Combien de fois me suis-je flatté d'avoir, si vous
le vouliez, ce radieux avenir qui se prépare pour moi !

Oh! souvenez-vous, Léonia, de ce jour où je vous
vis à Naples, dans un salon, les yeux tournés vers un
de mes tableaux! De ce jour date mon ambition de
gloire et d'avenir; de ce jour seulement je me suis
aperçu que j'avais un cœur passionné.

La jeune fille rougit.

Lorenzio lui saisit la main, et la mouilla de ses
larmes.

On aurait pu comparer les deux jeunes gens à deux
exilés d'en haut, se rappelant les jouissances éternel-
nelles. On aurait pu les prendre pour Roméo et Juliette
s'éveillant aux clartés de l'aurore, aux bruits des flots,
et regardant le ciel sous les ombrages de leur douce
patrie.

Lorenzio était pour ainsi dire arrivé au sommet le
plus radieux de son rêve idéal. Tout ce qui s'appelle
art, sentiment, passion, poésie, tout cela devait vibrer
comme une corde harmonieuse dans le cœur de l'artiste... Il semblait saisi d'une félicité religieuse, d'une
admiration étrange, en voyant cette jeune fille naïve,
intelligente, qui lui dévoilait jusqu'aux plus secrètes
profondeurs de son âme.

Jamais Léonia n'avait été si ravissante ni si digne
d'être adorée. Le long voile blanc qui retombait sur
ses épaules avec tant de grâce, ses beaux cheveux tout

éparpillés qui ceignaient son front comme un diadème et qui encadraient sa noble et douce figure, cet attendrissement profond qui troublait ses yeux, cette ardeur d'un feu naissant qui colorait ses joues, ce sourire d'amour qui se dessinait sur ses lèvres, cet attrait de la passion si mystérieux et si puissant, donnaient à sa personne une beauté surnaturelle. Cet éclat nouveau ne peut se décrire...

En ce moment, sans que les deux jeunes gens eussent le temps de rien apercevoir, une femme ouvrit une porte secrète cachée au milieu de la tapisserie, et s'arrêta quelques minutes au seuil de la chambre de la jeune fille. C'était Perdilla. Elle allait être vue, sans doute, lorsqu'elle disparut. — Mais avant de se retirer, elle prit le soin de pousser dans l'intérieur de l'appartement cette œuvre de peinture de Léonia, que nous connaissons, et qui représentait le peintre de Naples. Lorenzio poussa un cri en reconnaissant son portrait dans ce tableau. La jeune fille, pâle, tremblante d'émotion, cacha sa tête dans ses mains.

— Mon Dieu! est-il possible, s'écria le peintre... Mon Dieu!... Ce tableau... Oh! Léonia, que je suis heureux, que je suis fier de vos sentiments pour moi!

Il serra Léonia dans ses bras.

— Je vous aime! lui dit-il en l'étreignant fortement et l'enveloppant de son regard.

Mais elle, joignant les mains :

— Oh! monsieur, je vous supplie, respectez-moi, respectez mon avenir. Vous le savez, je vous aime, je vous le dis encore ; mais de grâce, pitié! pitié!...

Lorenzio comprit cet appel de l'innocence et de la faiblesse. Il se jeta à genoux aux pieds de son amante. et, inclinant sa tête, il pleura!

Au même instant, Gina, la jeune confidente de la belle Vénitienne, entra dans l'appartement, et vint s'asseoir modestement sur des coussins, aux pieds de sa maîtresse.

. . . .

Le vent des lagunes soufflait ; le soleil répandait sur les dômes des palais de Venise ses plus beaux rayons; et le ciel, plein de lumière, resplendissait. Un homme à la démarche grave et pensive, aux traits mélancoliques, sortit de la demeure de don Garcy et s'achemina vers l'église de Saint-Marc. C'était le peintre de Naples. Devant cette architecture grecque du temple chrétien, sur ce pavé en mosaïque de jaspe et de porphyre, en face de ces chefs-d'œuvre grandioses des arts, nul ne peut dire quelles étranges pensées envahirent le cœur de l'artiste.

Toutes ces merveilles du génie humain, ce déluge

de figures, cette variété prodigieuse de couleurs, tout cela le rendit muet, tout cela foudroya et éblouit son imagination. Soudain son œil brilla; un éclair rapide passa dans son regard; on eût dit qu'il sentait en lui des élans d'inspiration céleste.

Se sentait-il grandir, en se retraçant tous les charmes de l'amour de Léonia?

Priait-il Dieu pour elle?

Songait-il, dans son orgueil d'artiste, à lui élever un monument aussi impérissable que ces monuments d'un passé fécond en prestiges qui éclataient autour de lui?

Le soir, lorsque Lorenzio revint dans sa demeure, Fiorvante lui présenta son paysage.

— Eh bien! maître, dit-il au peintre, persistez-vous à vous éloigner déjà de Venise?

— Mon cher élève, répondit Lorenzio, je ne quitterai Venise pour retourner à Naples que lorsque je serai l'époux de Léonia.

Puis, il ajouta, avec un doux sourire :

— Travaillez, Fiorvante, et je vous ferai, en peu de temps, une réputation de grand peintre.

Le jeune homme se jeta sur ses pinceaux avec tout le plaisir d'un enfant à qui l'on fait une belle promesse.

XII.

.

LA VENGEANCE DE DON GARCY.

XII.

LA VENGEANCE DE DON GARCY.

Asraël, appuyé au chevet de son lit, se laissait entraîner aux plus tristes et sombres pensées de son cœur. On voyait que ce jeune homme devait mortellement souffrir depuis quelque temps. Il n'était plus le même : son visage avait pâli, quelques rides naissantes s'étaient formées au milieu de son front, il penchait maintenant la tête d'un air languissant, comme le malade qui attend son heure dernière, en écoutant dans son âme la voix intérieure qui lui crie : Il faut mourir! Un dégoût profond du monde et de la vie se peignait sur ses traits.

Il faisait presque nuit; par sa fenêtre entr'ouverte,

13

il voyait le ciel se voiler tristement d'ombres lugubres,
comme son cœur. Le crépuscule n'éclairait plus que
faiblement le ciel, la terre et la mer. Seul, l'ouest du
zénith resplendissait dans une atmosphère colorée,
teinte de pourpre et d'or par les derniers rayons du
soleil tombé plus bas que l'horizon. Ce deuil de la
nature, cette poésie du silence et de la nuit, ce recueillement du ciel, toutes ces images de tristesse
et de désolation convenaient autant à ses yeux qu'à
son cœur; il y trouvait je ne sais quel charme pour
son infortune .

En ce moment, la porte de sa chambre s'ouvrit tout-
à-coup. Une voix tendre et douce l'arracha à sa rêverie
et à sa plaintive contemplation.

Il s'appuya sur le coude et il reconnut la signora
Perdilla qui approchait une chaise et qui s'asseyait
près de lui. Elle était vêtue d'une longue robe de
nuit, de soie noire, montant jusqu'au cou, et nouée
autour de la taille par une ceinture légère de même
étoffe.

Ses longs et magnifiques cheveux noirs arrangés en
tresses soyeuses, flottaient sur ses épaules et sur ses
bras, et lui donnaient un aspect de beauté mélancolique et idéale. Ses yeux brillaient d'un éclat inaccoutumé; ses joues, naturellement pâles, avaient cette
légère coloration fiévreuse qui traduit l'ardeur de la
passion chez certaines femmes. Ses lèvres étaient sou-

riantes, quoiqu'on les vît trembler un peu. Asraël vit
venir à lui cette gracieuse apparition, à la clarté d'une
lampe qui éclairait l'appartement, et pas un muscle
de son visage ne trahit la pensée du jeune homme en
ce moment.

— Eh bien! lui dit la belle signora, en lui tendant
les deux mains, conservez-vous toujours la même douleur? Éprouvez-vous la même souffrance? Songez-vous
toujours à la fille de don Garcy?... Ou bien, commen-
cez-vous à espérer dans la bonté de Dieu et dans le
bonheur d'ici-bas?

— Madame, répondit Asraël de sa voix douce et triste
en même temps, ne voyez-vous pas qu'il m'est impossible de guérir du coup qui m'a frappé? Vous me
demandez si je suis consolé; ne pouvez-vous pas lire au
fond de mon cœur? Oui, oui, je me sens malheureux,
oui, la vie n'a plus ni charme ni joies pour moi. Vous
m'avez parlé d'attendre et d'espérer... J'ai assez espéré, j'ai assez attendu. Il ne me reste qu'à me laisser
mourir!...

— Vous mourir, Asraël, s'écria Perdilla, en faisant
éclater une flamme rapide dans ses grands yeux noirs.
Vous mourir!...

— N'est-ce pas, que c'est dommage, à mon âge, de
mourir, signora? De mourir sans que le cœur se
soit ouvert une seule fois aux joies du monde, sans

qu'aucun être aimé soit prêt à vous pleurer et jeter
quelques fleurs sur votre tombeau? De mourir, lorsque
la vie ne vous a montré aucun de ses enivrements, aucune de ses félicités, et qu'on n'a pu dire un seul
jour : j'ai été heureux! Nul ne me plaindra, dis-je, car
je n'ai plus d'amis : le seul qui me restait est mort
pour moi.. Mais vous qui m'avez connu, signora, vous
pourrez dire lorsque je ne serai plus : — Pauvre jeune
homme! En s'éveillant à la vie, il a à peine ouvert les
yeux, et les a refermés aussitôt. Il a approché une
coupe de ses lèvres, et, la trouvant trop amère, il l'a
rejetée. Quelque chose lui a manqué ici-bas, le sourire
de cette femme qu'il n'a entrevue qu'un moment. Lorsque Dieu a versé un rayon d'amour dans son cœur et
mis un peu de poésie dans son âme, il a mêlé à toutes
ses pensées le nom de cette femme bien-aimée; il a
trouvé des chants pour elle, car il avait dans un corps
frêle des élans passionnés et une âme de feu. Et puis,
il est mort, et nul ami n'est venu prier sur son tombeau. La voix de cette femme n'a pas retenti sur le
peu de terre qui recouvre ses cendres! Il est mort, lui,
le pauvre orphelin, et personne ne l'a regretté! Personne ne l'a connu! Son intelligence ne demandait qu'à
s'élever, qu'à grandir, nul ne lui a donné l'essor! —
Il n'est plus, et jamais on ne l'a vu, dans le sein des
plaisirs, oublier les peines secrètes de son cœur! Il ne
manquait qu'une étoile à son ciel, et cette étoile, il ne
l'a pas vue briller! Il ne manquait qu'une fleur à son
printemps, et Dieu l'a privé du parfum de cette fleur!
Alors, il a oublié ses beaux rêves, il a perdu ses illu-

sions, il s'est senti ramené à la réalité; il n'a plus voulu vivre, dans une atmosphère froide et glacée, lui qu'un soleil de feu avait inondé de ses rayons.

Asraël ne put continuer... il cacha sa tête dans ses mains... il pleurait.

La jeune Italienne se rapprocha vivement de lui.

— Pourquoi, ami, lui dit-elle, pourquoi vous abandonner à ces sombres pensées? Espérez encore. Vous êtes jeune, vous êtes libre. Ne perdez point l'espoir..

— Que puis-je espérer, murmura Asraël. — N'aime-t-elle pas le peintre?...

— Toujours elle! s'écria Perdilla avec dépit. Toujours elle!...

— Ne prononcez plus ce nom! reprit-elle, d'un air agité. Vous devez l'oublier!...

Il se fit un moment de silence.

— Espérez, reprit bientôt Perdilla. Quel cœur de femme pourrait résister au charme de votre amour? Vous avez aimé, et l'on vous a dédaigné: mais est-ce une raison de se plonger dans le désespoir et de mépriser la vie? Admettez qu'une femme sensible,

douée de beauté, couronnée d'intelligence, arrive à
vous, et vous dise : — Asraël, je vous aime!... Aurez-
vous le courage de la repousser? Fermerez-vous l'o-
reille à sa voix? Repousserez-vous l'ange gardien de
votre existence? Oh! ce serait un crime, ou plutôt un
aveuglement déplorable!... Ce serait calomnier Dieu,
et maudire l'amour!...

Perdilla se leva, et, debout devant Asraël, elle l'é-
blouit du feu de ses regards. Le cœur de la belle Italienne semblait bondir...

— La repousserez-vous, cette femme?... ajouta Perdilla, en levant les yeux au ciel.

— Je ne pourrais la repousser; car elle n'existe pas,
répondit le jeune homme.

Perdilla considéra quelques instants Asraël en silence. La merveilleuse beauté de l'Italienne resplendissait comme un rayon de soleil dans les cieux; son
cœur se peignait dans ses regards.

— Elle n'existe pas! s'écria-t-elle! Tu ne m'as pas
donc reconnue, malgré tous les soins que j'ai pris pour
cela? Tu n'as pas reconnu cette femme aimante qui
manquait à ton bonheur, et dont les rêves étaient aussi
beaux, aussi poétiques que les tiens? Eh bien! moi,
je t'ai aimé, dès que je t'ai vu, je t'ai espéré avant de
te connaître! Souviens-toi du jour où, près de l'autel

de Saint-Marc, je vins te parler d'amour! Tu m'écoutas,
tu ne me crus pas peut-être, mais je vis tes yeux se
mouiller, je vis ta voix s'attendrir, aux images délicieuses de la passion qu'il me plaisait de te tracer!
Rappelle-toi aussi notre promenade en gondole... Dis,
n'as-tu pas vu des larmes rouler sur mes joues, n'as-tu
pas entendu des sanglots se briser dans ma poitrine,
lorsque tu m'as dépeint tes malheurs? C'est que je
compatissais à tes maux, c'est que je déplorais ta
souffrance, c'est que je savais que j'étais la seule
femme aimante qui pouvait t'arracher aux abîmes de
l'illusion! Comment se fait-il que tu ne t'en sois pas
aperçu alors? Comment se fait-il que mes regards, que
mes émotions, que mon ravissement même n'aient
point dessillé tes yeux? As-tu pu attendre si longtemps
pour savoir combien je t'aimais?

Perdilla regarda le ciel avec un soupir, un éclair de
mélancolie traversa la suave quiétude de ses traits,
mais ce ne fut qu'un éclair.

Asraël, interdit, anéanti, l'écoutait sans se rendre
compte des impressions qu'elle faisait naître en lui.

— Vous m'aimiez, signora, vous m'aimiez! murmura-t-il.

— Si je l'aime, Asraël! Il me demande si je l'aime!
Mais tout mon cœur est à toi. Mais toutes mes pensées
t'appartiennent. Mais tu n'as qu'à me dire un mot pour

que j'expire à tes pieds. Si je t'aime ! Mais parle,
Asraël, et je te sacrifie ma vie ou mon honneur ! Écoute:
j'ai souvent pensé que nous pouvions nous unir l'un à
l'autre, par les liens sublimes et religieux de l'amour,
que nous pourrions ensuite mourir ensemble et tromper ainsi toutes les infortunes et toutes les persécutions
du monde. Conçois-tu , ami, la félicité de quitter tous
deux à la fois cette terre, les bras entrelacés, les lèvres
unies dans un baiser délicieux et enivrant? Comprends-
tu quelle ineffable sensation de reposer les cheveux
dans les cheveux, le cœur contre le cœur, d'affronter
ensemble tout péril, tout danger, comme deux élus
dans le ciel même ! Non, cette jeune fille ne sait rien
de la passion et de l'amour ! Au lieu de ces émotions si
douces que seule je peux te faire ressentir , au lieu de
ces enivrements de l'âme qui enflamment et qui forti-
fient le cœur, tu n'as près d'elle ressenti qu'un désespoir inouï et cruel ! Elle ne sait pas aimer, te dis-je !
Tu ne vis plus, depuis que tu l'as connue ; tu meurs
dans la douleur, dans le désenchantement des illusions
d'ici-bas! Tu ne vis plus, mais je veux te faire revivre !
Tourne les yeux vers moi. Regarde. Je pleure, mais
c'est d'amour ! Et ne suis-je pas pourtant aussi belle
et aussi jeune qu'elle ? Ne suis-je pas douée d'une
âme aussi exaltée et aussi poétique? Oh ! Asraël,
c'est Dieu qui m'envoie vers toi, c'est Dieu qui dit à
mon oreille et à mon cœur à la fois : Prends la main
de cet infortuné, et serre-là dans la tienne: ouvre-lui
ton cœur pour réveiller les épanchements du sien ! Et
je viens, Asraël, je viens vers toi, les yeux brillants de

larmes, le sein agité de soupirs, je viens te dire : je
suis à toi ! ma vie t'appartient !...

Plus fière et plus prévoyante que jamais, la jeune Italienne parlait ou plutôt déclamait avec feu, avec passion; et l'on eût cru entendre le chant cadencé et mélodieux d'une de ces vierges fantastiques rêvées par
Ossian. Par la fenêtre entr'ouverte, on voyait des milliers d'étincelles de lumière briller dans l'azur du firmament, et se refléter sur l'immensité profonde de la
mer. Debout près d'Asraël, au chevet du lit du
jeune homme, à l'éclat de la voûte étoilée du ciel,
au bruit éternel des flots murmurant sous ses pieds
avec tant d'harmonie, la signora consacrait au récit
de sa passion les heures recueillies de cette belle
nuit.

— Voyez-vous, reprit-elle, en se laissant elle-même
aller au charme de sa voix, voyez-vous, Asraël, j'ai dédaigné pour vous tous les honneurs, toutes les richesses, tous les trésors. Un homme m'offrait avec sa main
les palais les plus superbes de Venise, et je l'ai repoussé ! L'or éclatait autour de moi, les plus rares magnificences venaient briller à mon chevet, et je n'ai
pas été éblouie ! Je suis jeune, je suis belle, je suis
libre : ce n'était pas cela qu'il me fallait ! Mais ton
amour, s'écria Perdilla, en rejetant sur son cou les
boucles de ses cheveux, ton amour ! Voilà le seul bien,
le seul pouvoir auquel j'aspire ! Nous autres, Vénitiennes, nous vivons d'amour comme d'autres vivent d'air !

Notre ciel, nos lagunes, nos grèves, tout nous parle de bonne heure ce langage divin auquel nul ne résiste, parce qu'il est seul parfait, parce qu'il renferme en lui des pensées, des mélodies, des rêves, des extases, qui tantôt ravissent et tantôt foudroient, qui entraînent et qui ravivent, et qui n'ont qu'un seul nom : l'amour ! Voilà notre idéal, notre force, notre poésie. Et quel idéal ! et quelle poésie ! et quel ravissement ! Certes, j'ai été jeune fille, j'ai vécu sous le beau ciel de Venise, et j'ai espéré des passions brûlantes à mon tour ! Mon rêve se réalise, j'ai trouvé mon idéal : qui ne saurait m'envier ! Oh ! sois mon époux, ô Asraël, et désormais Perdilla veillera comme une seconde mère sur tes jours ! Sois mon époux, et tu me verras sourire à la vie, au soleil, au bonheur ! Tu m'entendras chanter d'une voix douce, pour charmer tes loisirs ! Tu m'écouteras prier pour appeler sur toi un sourire du ciel... — Sois mon époux, et rien ne manquera à la félicité de nos cœurs !...

Perdilla se jeta aux pieds du jeune homme et les arrosa de ses larmes.

Asraël détourna les yeux...

— Oh ! tu me repousses. Ce n'est que trop vrai. Je le vois bien, s'écria la belle Italienne. En vain je me meurtris les genoux à tes pieds, en vain je t'ouvre les plaies les plus secrètes de mon cœur. Tu es sans pitié'

Je vais mourir alors.... Et c'est toi qui m'auras
tuée...

En disant ces paroles, elle fit luire aux yeux d'Asraël une arme qu'elle tenait cachée dans son sein.

— Je vais mourir. Laisse-moi. Ne t'y oppose pas.
Que ferais-je dans le monde! Je ne voulais que ton
amour, et je ne l'ai point obtenu. Et cependant, qui
mieux que moi l'a mérité? Il faut mourir! Renoncer
à la vie que tu m'aurais fait si belle et si douce! Y renoncer! Comprends-tu cela, Asraël, lorsque j'avais un
si splendide avenir devant moi, lorsque j'entends ton
cœur battre, ton sein palpiter? Vois : le ciel est semé
d'étoiles, et mille étincelles d'or éclatent sur la mer!
Le flot murmure, la brise chante dans l'air, la nature sourit, la nuit est embaumée; et qui donc se
dit : C'est à cette heure qu'une femme jeune et belle
va mourir!

Perdilla croisa les bras sur sa poitrine, et regarda
mélancoliquement le jeune homme. Sa voix était
calme et solennelle. Le désordre de ses cheveux et de
ses vêtements, les émotions qu'elle ressentait, les
paroles qui s'échappaient de ses lèvres, les sanglots
qui éclataient dans son sein, tout ce tableau de jeunesse, de poésie et de désespoir impressionna fortement Asraël. Au moment de lever le poignard qu'elle
tenait dans ses mains, la signora fit un geste d'une grandeur sauvage, et se prépara à se frapper...

— Arrêtez, lui dit Asraël, arrêtez, signora....

Et le jeune homme retint son bras.

— Eh bien! rends-moi heureuse, lui dit la Vénitienne. Je ne veux vivre que pour toi. Je ne veux contempler encore le soleil que penchée à ton bras, que pressée sur ton cœur! Rends-moi heureuse! Ton amour me sera si doux! Mon existence sera si enviée!... Je te sacrifie tout, mais au moins dis-moi à ton tour que tu ne peux me haïr!

Tiens, te faut-il mon honneur! Prends-le, car que me fait l'honneur même, que me font toutes les vertus, sans un doux sourire d'Asraël pour éclairer toutes les profondeurs de mon âme? Ce n'est pas une passion ordinaire que la mienne, c'est un rêve, un délire, un songe du ciel! Je suis destinée à mourir ta victime ou à vivre ta fiancée! A connaître les plus cruelles souffrances de la vie ou à m'enivrer de ses joies les plus délicieuses, de ses plaisirs les plus parfaits! Dieu et Asraël! Voilà les seuls objets de mon adoration! Je ne comprendrais pas la nature sans toi! Lorsque je lève vers le ciel mes yeux mouillés de larmes, lorsque je me sens oppressée, lorsque je prie, c'est sur toi que se repose ma pensée, vers toi que s'envole mon espérance! Quand le soleil m'éclaire de ses doux rayons, et que le ciel rayonne sur ma tête, je ne respire l'air du jour que parce que tu le respires aussi, je ne bénis la nature que parce qu'elle sourit à tes yeux! La nuit,

quand notre beau ciel vénitien s'enveloppe d'un manteau d'étoiles, quand la mer murmure joyeusement
sur nos rivages, quand le gondolier entonne son chant
mélancolique, et que tous les cœurs s'ouvrent à la
rêverie ou à l'amour, je ne contemple les beautés du
ciel et le calme de la terre que parce que ces beautés
et ce calme t'illuminent aussi! Et ne détourne plus les
yeux, et ne laisse plus la tristesse flotter comme une
ombre sur ton visage, et ne te plonge plus dans le
doute et le désespoir! Reviens à la joie, reviens à la
vie, Asraël. Rends-moi mes beaux rêves de jeune fille.
Ou, si tu n'as point de pitié pour une pareille passion,
oh! vois couler mon sang, vois Perdilla déchirer son
sein, souffrir et mourir à tes genoux en l'appelant encore son bien-aimé!

Elle fit briller de nouveau son poignard aux yeux
d'Asraël, et de nouveau elle se traîna à ses pieds et
meurtrit son beau front en l'inclinant devant le jeune
homme. Echevelée, le sein palpitant, les bras nus, les
regards brillants de flamme, qu'elle semblait belle et
qu'elle éblouissait dans sa douleur! En ce moment, la
lune répandant sa clarté douteuse sur tous les objets
extérieurs illumina d'un pâle rayon le visage de la signora. On eût dit la statue de la Prière se lamen-
tant sur des ruines abandonnées, et grandissant comme
un mirage au tableau fantastique et varié des ombres
de la nuit.

— Relevez-vous Perdilla, dit Asraël ému. Vos pleurs

me font mal. Vos gémissements m'accablent. Vous, si
enviée, si rayonnante, si digne de bonheur, vous, aux
pieds d'un pauvre jeune homme qui va mourir, qui ne
veut plus rien de la vie? Oh! c'est en vain que vous
cherchez à me ramener à l'existence; je ne le puis
plus. J'avais fait un rève bien beau dans ma vie; j'a-
vais mis toute mon espérance dans le cœur d'une
femme. J'avais entrevu le bonheur, et j'avais osé l'espérer; mon imagination m'avait élevé jusqu'aux illusions les plus éblouissantes, et mon visage et mon
cœur se sont flétris dans toute leur sève sans que Dieu
m'ait exaucé. Relevez-vous, signora. Un grand malheur
m'a de nouveau frappé; ce malheur m'a fait tel que
je suis maintenant. C'est-à-dire, dégoûté du monde. J'ai
aimé, trop aimé : l'ange que j'environnai de ma tendresse infinie vient de fermer, sans les tarir, les sources
de mon existence. C'était une volonté du ciel. Depuis
le commencement de ma vie, je n'ai cessé de nourrir
des chagrins : j'en portais le germe en moi, comme
l'arbre porte le germe de son fruit. J'ai d'abord été
dédaigné du monde, moi que ma propre intelligence
rendait si fier; j'ai été abandonné de mes amis, moi
qui suis né sensible et aimant! Une femme pouvait
ensuite prendre ma tête d'enfant naïf dans ses mains
et la tourner vers le ciel; elle pouvait faire de moi
l'homme le plus grand et le plus passionné. Que de
jours j'ai passés à croire en elle, à la saluer comme
une apparition céleste. Je croyais qu'elle venait m'arracher à ma mélancolie, éclairer la nuit de mon âme,
unir sa vie à la mienne. Vous savez combien mon

illusion était grande. Que ferait donc ici-bas, signora, que ferait le pauvre Asraël? Vous m'aimez, dites-vous : eh bien! laissez-moi livré à mon malheur, laissez-moi livré à mes larmes. Je ne suis né que pour souffrir !...

—Asraël! murmura Perdilla d'une voix étouffée, pas un mot de plus ou je meurs! laissez-moi, laissez-moi croire que ce que je viens d'entendre est une illusion de mes sens, un égarement de ma raison. Laissez-moi croire que je suis devenue folle. Toi, parler ainsi, lorsque tu tiens une femme mourante sous tes pieds? Eh quoi! ni les larmes brûlantes de mes yeux, ni mes soupirs, ni mes sanglots, n'ont pu t'arracher un peu de pitié! C'est toi qui veux me tuer. C'est toi, Asraël !...

En disant ces mots, elle bondit plutôt qu'elle ne courut vers le jeune homme, se jeta à genoux devant lui, regarda le ciel, et, les cheveux épars, les bras élevés au-dessus de sa tête, elle fit, en se tournant du côté des lagunes vénitiennes, une imprécation entrecoupée de sanglots, comme si elle eût maudit la terre poétique où elle était née. Puis, abaissant aussitôt sur son sein son poignard qui étincela comme un éclair, elle fit un geste d'adieu à Asraël.

Celui-ci arrêta vivement son bras, mais pas sitôt qu'une légère blessure ne se fit jour dans la poitrine de la signora. Le sang jaillit.

— Mon Dieu! vous êtes blessée... Mais je ne veux pas que vous mouriez, moi, s'écria le jeune homme pâlissant.

Perdilla se rapprocha d'Asraël. Les longues boucles des cheveux noirs de la signora s'éparpillèrent soyeuses autour de son cou, et retombèrent capricieusement sur ses brunes épaules.

— Vous ne voulez pas que je meure? Eh bien! aimez-moi comme je vous aime. Je suis Vénitienne, te dis-je. J'ai besoin de ton amour comme l'oiseau a besoin du soleil pour chanter, comme la plante a besoin de la rosée pour vivre! Car c'est ma vie à moi, que l'amour d'Asraël! C'est mon ciel, c'est mon rêve, je ne connais pas de plus enivrante félicité! Oh! pour toi, je serai plus belle encore, je laisserai la joie sourire dans mes yeux, je mettrai des perles et des fleurs dans ma chevelure. Je trouverai dans les accents de ma voix des harmonies célestes et pures, je trouverai dans les impressions de mon cœur des paroles qui feraient envie aux anges du ciel! N'es-tu pas Asraël, mon idole et mon Dieu?

La Vénitienne attira doucement le jeune homme près d'elle; puis, moitié triste, moitié rougissante, elle serra ses bras autour d'Asraël, qui la contemplait en silence, et elle appuya avec délire sa bouche sur une bouche froide et muette.

Les cheveux ruisselants, le regard humide, le sourire aux lèvres, Perdilla ne vivait pas, ne respirait pas... En ce moment, dans le silence de la nuit, un cri étouffé et un sanglot se firent entendre. Au même instant la porte de la chambre s'ouvrit. Un homme pâle, échevelé, s'élança vers la jeune femme.

— Perdilla! s'écria-t-il.

— Don Garcy! murmura la jeune femme avec plus de colère que de surprise.

— Perdilla, suivez-moi. Sortez de ces lieux...

— Sortir de ces lieux? Entendez-vous cet homme, Asraël? Vous abandonner, moi?... Mais il faut que vous soyez fou, monsieur, reprit-elle en se rapprochant davantage d'Asraël. Don Garcy, peux-tu t'opposer à cet amour? Dis-moi de quel droit tu voudrais m'arracher aux plus délicieux enivrements de ma vie? Ne puis-je pas enfin chérir celui qui a pris tout empire sur mon cœur, sur mon âme, sur mes pensées? Puis-je m'appartenir, lorsque je me sens entraînée vers lui par les élans d'un enthousiasme qui ne peut se décrire, par les troubles d'une passion qui ne saurait s'éteindre? Veux-tu empêcher l'oiseau de chanter sous le feuillage lorsque vient le printemps, la fleur de s'épanouir sur sa tige lorsque la rosée du ciel lui verse sa fraîcheur, et lorsque le soleil l'illumine de ses gerbes de lumière et d'or? Veux-tu empêcher une jeune Vénitienne de se

14

jeter dans les bras de son bien-aimé, lorsqu'elle ne
respire que pour lui, lorsqu'elle ne songe qu'à lui,
lorsque tout son corps brûle au seul contact du sien?
Don Garcy, il faut que tu sois bien aveugle ou bien
méchant pour vouloir troubler un pareil bonheur! Il
faut que tu n'aies jamais reçu avec tendresse une
femme dans tes bras, et que tu ne te sois jamais enivré
de son souffle, et que tes lèvres ne se soient jamais
collées à ses lèvres brûlantes! Moi, je comprends de
pareilles sensations. Aussi me vois-tu frissonner de
joie, d'allégresse auprès de mon Asraël... J'ai été
cruelle avec toi, et dédaigneuse. Mais avec lui, je suis
tremblante comme une esclave...

Et puis, diras-tu, continua la jeune femme en levant
son grand œil noir, diras-tu qu'une telle passion est
passagère et fausse? Diras-tu que de tels sentiments
sont indignes du cœur d'une Vénitienne? Je veux, te
dis-je, tout ce que mon Asraël désire. Je veux garder
le bonheur que j'éprouve près de lui, et dont lui seul
est la source. Je veux aimer l'époux que je me suis
donné. Je veux vivre pour respirer près de lui, à l'éclat
du même soleil. Je remets mon cœur sous sa garde, et
mes désirs en sa main. Moi, l'abandonner, don Garcy!
Y as-tu pu penser un seul instant! Et qui donc lui
conserverait la paix et la sécurité? Qui le dédommage-
rait d'un amour qui était dû? Qui pourrait lui rendre
une femme aussi aimante? Qui lui donnerait le repos et
l'espérance? Ah! un instant, un seul instant a embrasé
mon âme d'un feu que rien ne peut éteindre, et je

ne conçois pas que tu veuilles me faire quitter celui
dont la mort même ne me séparerait pas !...

Perdilla, pâle et menaçante, vint debout devant don
Garcy, et le regarda d'un œil fixe, les bras croisés sur
sa poitrine. Asraël étonné, éperdu, contemplait cette
scène avec une frisson de plaisir, de désespoir et d'é-
pouvante à la fois. La belle signora lui souriait de son
plus doux sourire, malgré sa colère; insensiblement elle
s'était laissé absorber à celui qui dominait toutes ses
pensées. Ses yeux s'étaient tout-à-fait retournés vers lui;
et son cœur, ravi dans une si délicieuse extase, animait
son charmant visage de tout ce que la tendresse d'une
femme eût jamais de plus touchant. Don Garcy se
laissa tomber tout frissonnant sur une chaise.

— Écoutez, signora, dit-il, après un moment de silence. Vous savez ce que j'ai fait pour vous, et vous
voyez comme vous m'en récompensez. Vous connaissez mes souffrances et mes passions. Tout Venise les
connaît. Ma femme repoussée et mourante, ma fille
arrachée de mes bras, sont les images lugubres dont je
me suis plu à m'entourer pour obtenir votre cœur. Vous
avez été la cause du désespoir et de l'infortune de ma
famille : de bon et de généreux que j'étais, vous m'avez
fait ingrat et méchant. J'ai méprisé toutes les lois de
la conscience pour vous; j'ai rejeté tous les conseils
dictés par mes devoirs. J'ai imposé silence aux plaintes
de la nature. La voix secrète qui ne cessait de murmurer au fond de mon cœur ne m'a pas arrêté dans l'a-

bîme où vous m'avez entraîné. Vous n'auriez eu qu'à
dire un mot pour que je vous fisse l'abandon de ma
vie. Et que demandais-je pour tout cela? O mon Dieu!
un de vos regards, un de vos sourires, un rêve, une
illusion! Cueillir une fleur dans vos cheveux, effleurer
votre front de mes lèvres, baiser le bas de votre robe,
entendre un mot de pitié sortir de votre bouche, voir
un éclair de sensibilité briller dans vos yeux : avec
cela, je n'imaginais point une félicité plus parfaite et
plus durable que la mienne ; j'avais les yeux éblouis,
l'âme enivrée, le cœur noyé de sensations! Je me
croyais heureux, et je vous bénissais! Un jour, il m'en
souvient, je me laissai aller devant vous à la fougue de
mes passions ; j'osai vous presser dans mes bras. Vous
vous plûtes à m'arracher l'illusion qui m'avait jusqu'alors bercé ; vous vous plûtes à faire tomber le ban-
deau qui jusqu'alors avait enveloppé ma vue. C'est
avec un poignard à la main que vous vîntes me repousser...

— Tu entends cet homme, s'écria Perdilla, en l'interrompant; il avoue que je l'ai méprisé!...

Et, toute souriante, elle se jeta au cou d'Asraël...

— J'étouffai ma douleur, reprit don Garcy; pour
vous plaire, je signifiai à ma fille qu'elle eût à abandonner le toit paternel. Une autre femme aurait été tou-
chée de tant de dévouement : elle aurait pris pitié d'un
malheureux qu'elle seule eût perdu. Vous, signora,
vous m'avez déclaré alors que vous ne pouviez m'aimer.

Et, après tant de sacrifices, voilà la récompense qui
m'attendait! C'était dans les bras d'un étranger qui n'a
rien fait pour vous, qui n'a jamais souffert pour vous,
que je devais vous trouver! Et moi, qui avais abandonné ma famille, moi qui avais perdu mon âme pour
vous obtenir, je devais être le témoin...

— Arrêtez, signore, s'écria la jeune femme. Puisque
nous en sommes au chapitre des révélations, je puis
faire à mon tour le mien, ce me semble, devant mon
Asraël. Vous prétendez que je vous ai conduit à un
abîme de souffrance et de désespoir? Par exemple!
Est-ce ma faute à moi, si vous m'avez trouvée belle?
Est-ce ma faute si mes regards ont absorbé votre volonté? Suis-je venue au-devant de vous pour vous perdre? Ai-je rien fait pour séduire votre cœur? Don Garcy!
Tu m'as toujours vue froide et réservée à ton égard ; jamais ma bouche n'a laissé tomber sur toi aucun de ces
mots qui recèlent une passion intérieure. J'ai voulu
t'endormir dans l'illusion, oui, sans doute; mais
cela n'a pu durer qu'autant que je n'ai point connu
l'ange gardien de ma vie, le fiancé que le ciel a voulu
me donner. Et, quand je l'ai connu, comme j'ai été
soudainement changée! Quelle hâte j'ai eue à m'éloigner de toi! Mon cœur était joyeux : il brûlait de battre
contre son cœur. Oui, je le connus, don Garcy. Et quel
torrent de pure joie vint alors inonder mon âme! Quel
sentiment de paix vint ranimer mes sens, et répandre
dans tout mon être une sérénité nouvelle! Je crus me
sentir renaître : je crus recommencer une autre vie.

Tout ce que le Créateur m'avait donné de cher et de précieux ne me parut pas assez digne encore de mon bien-aimé! Je tâchai de donner à ma voix des accents plus mélodieux et plus doux, à mes yeux un rayonnement plus pur, à mon front un éclat nouveau. J'étais si fière et si heureuse, que la foudre en éclatant sur ma tête ne m'aurait pas arrachée à mon ravissement ni à ma joie!...

En s'exprimant ainsi, Perdilla était revenue auprès du jeune homme, toute souriante, toute gracieuse, et l'on voyait les beaux cheveux de la signora flotter sur les épaules du jeune homme frémissant, ébloui. Don Garcy ne put retenir un cri de rage ni arrêter, sur sa physionomie, un geste de menace.

—Oh! oui, ose approcher, lui cria Perdilla, ose t'opposer aux élans passionnés de mon cœur? Tu parlais d'un poignard, tout-à-l'heure? Eh bien! regarde : je le possède encore, et cette arme me fera raison.

—Mais, non, reprit-elle, je n'ai pas besoin d'une arme pour me défendre. Tu n'oseras approcher de moi. Tu n'oseras pas me regarder en face sans pâlir. Tu me connais trop bien, don Garcy...

Elle se mit à rire dédaigneusement, et rejeta au milieu de la chambre le poignard qui avait de nouveau brillé dans ses mains.

— Tu me connais trop bien! Tu sais qu'il n'est pas facile de m'attendrir parfois! Oh! tu as beau me regarder avec colère, don Garcy. Enchaînée au cou de mon Asraël, je t'affronte encore! Est-ce que tu es digne du battement du cil d'une Vénitienne, toi? Est-ce que tu peux rien comprendre à la poésie suave et divine, à l'enthousiasme ardent et naïf de deux âmes qui s'unissent par un baiser, par un regard, par un sourire? Tu ne connais rien à cela. Crois-moi. Retourne dans tes palais, garde ta fille auprès de toi, vis paisible et tranquille au milieu des rayonnements de la richesse et du luxe, mais ne viens pas...

— Prenez garde, s'écria don Garcy frissonnant. C'est trop me braver!...

Il ramassa le poignard de la signora, et le cacha sous ses habits.

— Prenez garde, ajouta-t-il, en faisant un pas vers elle. — Puis, reprenant un air de tristesse accablante :
— Perdilla, reviens à moi! N'ouvre plus ainsi les plaies de mon cœur. Écoute mes prières, ne ferme pas l'oreille aux accents de ma voix! Que fais-tu auprès de cet homme qui te regarde froidement, et qui n'a jamais souffert des troubles, des orages de la passion? Reprends le rang que je pouvais seul te donner. Ta place est au milieu des grandeurs, sous les voûtes des palais! Tu es faite pour briller dans les cours! Fille de Venise, c'est la splendeur de la richesse qui convient à ta

beauté. Viens à moi. Je ceindrai ton front d'un diadème de diamants. Je couvrirai tes bras de perles. Je
te ferai si belle, que nul ne pourra te contempler sans
être ébloui ! — Et puis, pourquoi ne pas m'écouter? Ne
suis-je pas celui qui devait être ton époux, qui devait
protéger ta vie, celui que tout le monde enviait parce
qu'il était chéri de toi? Celui dont Venise entière
connaît l'amour et les malheurs?

Don Garcy s'approcha de la fenêtre.

— Oh! viens! regarde ces lagunes. Voilà la place
où je m'asseyais près de la mer pour contempler au
loin ton heureux séjour; sur celle-là, nous eûmes un
premier entretien; ici, je touchai ton cœur par mes
paroles entrecoupées de sanglots; voilà le lieu où tu
acceptas un rendez-vous et où tu me parlas avec une
voix si douce! Tous ces lieux sont les témoins de nos
premiers transports et de nos ravissements. Pour t'y
voir accourir avec moi, toi si jeune et si belle, oh! tu
le sais! je faisais tout ce qui était en mon pouvoir. J'af-
frontais la calomnie, je n'écoutais pas même les plaintes
de ma femme; je me riais des conseils de mes amis;
je bravais le malheur. Être près de toi, la nuit, en
gondole, te peindre mes sentiments d'une voix tremblante; sentir, en effleurant tes cheveux, ton haleine
embaumée se mêler à la mienne, c'était toute mon
ambition. L'amour qui nous unissait eût fait le charme
de notre vie. Je vous aime toujours, n'en doutez pas.
Le sentiment qui m'attache à vous est si tendre et si vif

encore, que j'oublie vos mépris et vos cruautés; je mets
un voile sur votre ingratitude, je consens à oublier tout
ce que j'ai souffert, ce que je souffre dans ces lieux :
je ne songe qu'à vous plaire. Mais, au nom du ciel, quitte
ce jeune homme. Ne vaut-il pas mieux revenir dans
mon palais où est ta place? Ne vaut-il pas mieux te livrer aux joies bruyantes du monde, et vivre, briller, au
sein de toutes les splendeurs? Ne t'ai-je pas offert ma
main? Ne t'ai-je pas réservé mes richesses? Perdilla!
que tu seras ravissante près de moi! et que tu seras
enviée !...

La jeune signora se prit à sourire avec malice en
écoutant le discours de don Garcy. Son visage s'illumina d'une beauté encore plus idéale. Son front
rayonna d'un éclat plus pur. Elle pencha sa tête sur
l'épaule d'Asraël stupéfait. Elle l'entoura de ses deux
bras agrafés comme un collier de perles à son cou;
puis ouvrant lentement la bouche comme pour murmurer une parole mélodieuse, elle laissa voir des dents
blanches et brillantes, et, sous les saillies de son front
large et beau, deux grands yeux noirs, pleins de fierté,
qui épanchaient encore leur rayons.

—J'aime mon Asraël, dit-elle, avec un accent de
voix enchanteur. Oui , je l'aime, répéta-t-elle , avec
un visage plus passionné, et pendant qu'une larme
d'amour brillait, tremblait , dans ses yeux humides.
Je l'aime!...

Les rideaux de l'alcôve s'agitèrent sous les doigts mignons de Perdilla. Un bruit sourd lui répondit.

— Oh! c'en est trop, s'écria don Garcy, avec un regard terrible, et ton Asraël mourra!...

Il fit quelques pas vers le jeune homme, que cette scène avait rendu presque égaré, et faisant étinceler comme un éclair le poignard de l'Italienne dans ses mains, il approcha...

S'écrier, bondir comme une tigresse, ce fut pour Perdilla l'affaire d'un moment. Don Garcy rencontra sur sa route le sein nu de la signora, et trop tard pour retenir son bras, il frappa, il ensanglanta ce sein qui venait de battre avec tant d'amour.

— Je suis morte! il m'a tuée! s'écria la jeune femme

Elle resta un moment debout, l'œil fixe, les mains tendues, puis, poussée comme par une force étrange, elle fit deux pas vers Asraël, s'abaissa sur elle-même, et tombant foudroyée aux pieds du jeune homme :

— Il m'a tuée! reprit-elle.

Elle ne fit plus aucun mouvement.

— Ah! monsieur, qu'avez-vous fait? s'écria Asraël, en s'avançant menaçant vers don Garcy.

Ce dernier ne l'entendit pas.

Il se précipita sur cette femme privée de vie, et si belle, et si souriante encore dans son immobilité lugubre. Il chercha à étancher sa blessure, il la regarda dans les yeux, sans souffle, éperdu et lui serrant le bras avec un délire insensé. Après quelques minutes d'un affreux silence, il lui prit la tête, y imprima un baiser brûlant, et éclata en gémissements, en sanglots.

— Perdilla!

C'était bien une épouvantable scène que celle-là. C'était un bien sinistre spectacle que celui de voir cet homme agenouillé aux pieds de cette femme demi-nue, les cheveux en désordre, et souillée de sang. Nulle langue humaine ne pourrait reproduire ce qui se passa dans le cœur de ce meurtrier involontaire contemplant sa victime.

— Perdilla! répéta-t-il, en imprimant des baisers de feu sur la large blessure de la signora...

Don Garcy n'était plus ce bel homme à la taille droite, au teint frais, aux yeux animés, qu'on admirait autrefois dans les cercles de la noblesse vénitienne;

son regard éteint semblait ne pouvoir se détacher de la
terre; son front incliné était chargé de nuages; tout son
être paraissait affaissé sous le poids d'une immense
douleur.

— Entendez-vous, monsieur, dit-il à Asraël, c'est
moi qui l'ai tuée!...

Le jeune homme épouvanté d'une telle agonie,
s'éloigna de cette chambre; il descendit en chance-
lant les escaliers de sa demeure, et alla s'asseoir
aux bords de la lagune, en murmurant, les yeux
levés au ciel :

— Voilà ma dernière illusion évanouie!...

La nuit était magnifique; des milliers d'étoiles scintil-
lantes brillaient avec vivacité dans les lointains du ciel.
L'aspect des monuments de la ville se reflétant dans la
mer ou se perdant dans les hauteurs azurées de l'horizon; l'air du soir si salutaire et si pur; ce séjour charmant de Venise auquel les poètes demandent des inspirations; la fraîcheur de la nuit, la sérénité du climat,
mille souvenirs délicieux qui se réveillaient en lui; tout
cela jetait Asraël dans des transports qui ne peuvent se
décrire, et qui semblaient l'accabler à la fois du poids qui
l'oppressait. Il gardait cependant un profond silence;
aucun gémissement ne sortait de sa poitrine. Le chant
gracieux des gondoliers l'excitait à rêver. Le bruit cadencé des rames l'attristait. Peu à peu il sentit aug-

menter sa mélancolie. L'azur du ciel diamanté d'étoiles, l'obscurité qui l'environnait, les doux rayons de la
lune se répandant autour de lui, le frémissement ar-
genté des flots, toutes les images des belles nuits véni-
nitiennes, en élevant son imagination, agissaient sur
son âme et sur son esprit.

Dans l'enfoncement, il ne cessait de regarder les débris vivants des anciennes grandeurs de la ville, comme
s'il eût voulu leur dire un éternel adieu. La basilique
de Saint-Marc attira surtout son attention : c'était
sous les voûtes sombres, grandioses, poétiques de cette
église, c'était au sein de ses antiques splendeurs d'architecture orientale, au milieu de ses autels et de ses
statues de marbre et de bronze, qu'il avait vu rayonner
à ses yeux les deux plus belles et riantes visions de sa
vie : Léonia ! Perdilla ! Et maintenant l'une de ces visions s'était évanouie pour jamais, dans un linceul de
sang ! Et l'autre... Asraël voulut pleurer, mais les larmes s'arrêtèrent sous ses paupières ; il voulut gémir,
mais nul sanglot ne sortit de sa poitrine. Pâle et sombre
au bord de la lagune, on l'aurait pris pour une de ces
ombres malheureuses qu'Ossian, le poète du vague et
de la tristesse, a placées dans toutes les strophes de
ses hymnes mélancoliques et harmonieux.

En ce moment, deux personnes attardées peut-être
sur la lagune, sortirent d'une gondole, et s'arrêtèrent
à quelques pas du jeune homme. L'une de ces personnes était une jeune fille grande, svelte, élancée, douée

de tous les ornements de la jeunesse et de la beauté.
Sa tête était penchée négligemment sur les épaules de
son cavalier. Une forêt de cheveux blonds tombaient en
boucles sur son cou d'une pureté parfaite, et dérobaient
une partie de ses attraits. Elle était revêtue d'une robe
légère de soie noire et portait une élégante mantille,
comme les Espagnoles de notre temps. Sous l'étoffe de
sa robe, on voyait briller deux petits pieds mignons, en-
veloppés de souliers à paillettes d'argent et d'or,
qui prêtaient je ne sais quel charme à sa marche. Asraël s'approcha comme instinctivement du bord de la
lagune, pour mieux examiner ces personnages.

— Eh bien! disait la jeune femme, d'une voix douce
et pure, en se tournant du côté de son compagnon:
Eh bien! comment trouvez-vous la beauté de la nuit,
signore Lorenzio!...

— Je la trouve digne du pinceau du plus grand peintre, signorina...

Léonia pressa la main de Lorenzio dans les siennes.

— Eh bien! reprit-elle, pourquoi ne pas faire un
tableau sur le rayonnement du beau ciel vénitien, dans
le calme de ces douces nuits?...

Sa voix était tremblante, il y avait une rougeur enfantine sur son front.

—Oh! vous savez, Léonia, répondit le peintre,

que je suis capable de tout entreprendre pour immortaliser avec votre amour les souvenirs de mon bonheur présent!...

Ils levèrent tous deux les yeux au ciel, pendant qu'un éblouissement rapide passait dans leurs regards. Asraël était là, à quelques pas, voyant tout, écoutant tout, et cependant immobile et glacé comme une statue de marbre, représentant l'image de la mort.

Ses yeux étaient secs, son regard éteint.

— Lorenzio, dit la jeune fille, que de beaux souvenirs votre présence en ces lieux réveille en moi! Je vois ici revivre, renaître, toute mon enfance. Voilà les lagunes où je venais, étant petite, me livrer aux rêveries de mon âme. Voilà la mer dont j'écoutais les flots, les murmures, les harmonies, les concerts lointains. Là, ma mère me pressait sur son cœur en m'appelant sa fille chérie; ici, j'entendis pour la dernière fois sa voix si chère. C'est là que, mourante, elle me fit ses derniers adieux! Que je souffris de sa mort! O Lorenzio, laisse-moi bénir ces lieux. Ils sont l'écho de ces pensées, souvent inexprimables, qu'éveillent confusément dans mon esprit tous les objets qui jouissent, qui souffrent ou qui languissent autour de nous, une fleur qui s'en va, une étoile qui tombe, une âme qui regagne le ciel.

Laissez-moi bénir ces lieux. Maintenant heureuse, je

voudrais que tout le monde eût une part de mon bonheur. Je voudrais que tous fussent attendris de mes
larmes de joie. Je voudrais que les mêmes ravissements fussent dans tous les cœurs. Je voudrais que tous
les corps, tous les yeux, toutes les âmes s'épanouissent
au même soleil. Comprenez-vous, Lorenzio, reprit la
jeune fille avec un accent d'adorable candeur, comprenez-vous qu'il y ait un malheureux sur la terre lorsque Dieu nous fait voir si beau, si radieux, si éblouissant, l'horizon de notre avenir?...

Et, à ce moment d'élévation religieuse, Léonia joi-
gnait les mains, tandis qu'une larme, douce et pure
comme la rosée du ciel, se montrait étincelante au
bord de ses beaux yeux bleus.

Lorenzio ravi, ému, des paroles de la jeune Vénitienne, sembla l'adorer en silence.

— O mon Dieu! que je souffre,... murmura Asraël...

Et le jeune homme se sentit chanceler, et ses yeux
roulèrent dans leurs orbites avec une indicible expression de désespoir.

— Venez, Léonia, dit le peintre à la belle Vénitienne. La nuit est avancée. Les étoiles commencent à
pâlir...

Ils s'apprêtèrent à quitter la lagune.

Asraël, muet jusqu'alors, rassembla pour ainsi dire ses forces, et courant, au devant du peintre :

— Lorenzio ! s'écria-t-il, d'une voix basse, palpitante.

— Asraël ! mon frère de cœur ! ajouta Lorenzio, surpris, et tendant les bras à son ami.

— Dis-moi, Lorenzio, continua Asraël, avec une intonnation de voix encore plus sourde, quand as-tu quitté Naples?

— Il y a un mois, répondit le peintre... en continuant à prodiguer les plus tendres embrassements au jeune homme.

— Ah ! murmura tout bas Asraël, il n'aura point reçu mes lettres...

— Oh ! si tu savais combien je suis heureux, cher ami, s'écria Lorenzio, si tu savais combien mon cœur a besoin de s'épancher dans le tien...

— Voilà mon frère et mon meilleur ami, dit le peintre, en s'interrompant. et en présentant Asraël à la jeune fille.

Ce dernier recula, en cachant son visage dans ses mains.

15.

— Je serai votre sœur, Asraël, dit Léonia en s'avançant vers lui, et en lui tendant la main. Ne sommes-
nous pas déjà quelque peu amis?...

— Vous, ma sœur... Vous!... Il ne put continuer.

Il sentit près de lui le frôlement d'une robe, et à ce
contact, tout son sang reflua vers son cœur.

Au même instant, par un caprice étrange du hasard la longue chevelure blonde de Léonia se dénoua,
retomba, éclatante, sur ses épaules virginales, et vint
effleurer en flottant le pâle visage de l'Italien. Cou-
vert un instant par ce voile d'or, Asraël se sentit frémir
et troubler.

Mais, lorsque reportant les yeux sur la jeune fille, il
vit Lorenzio à côté d'elle, les mains fermées dans les
siennes, et répondant à son sourire par des paroles
d'amour, alors, il resta un moment immobile devant
ce tableau, comme privé de l'usage de ses sens; puis,
portant une main à son cœur qui battait avec force, il
tomba la face contre terre et s'évanouit.

Quand, longtemps après, on le releva, sa bouche
n'avait plus de souffle, son cœur ne battait plus : il était
mort.

FIN.

TABLE DES MATIÈRES.

BAYONNE, Typographie et Lithographie LESPÉS, rue Pont-Mayou, 12.

www.ingramcontent.com/pod-product-compliance
Lightning Source LLC
Chambersburg PA
CBHW061503030726
47503CB00005B/1794